U0136306

現代漢語語法述要

董憲臣　編著

蘭臺出版社

序

語法從來不是一門容易的學問。西方的語言學教材這麼說：" Grammar is actually a much more complex phenomenon than anything that could ever be taught in school." (Language Files,11th edition,p.3,Ohio State University Press)討論漢語語法的學問從晚清才開始，說漢語的人認識了西方的語法學理論，才轉而把目光投向自身母語的語法結構分析，試圖用西方人描述印歐語言語法的框架描繪漢語內部的語法。

在臺灣，我們看到很多現代漢語語法的論著，也看到很多華語文語法教學的教材，這是從清末以來眾多漢語語言學學者的工作累積成果。然而，西方語言與漢語存在著本質上的不同，試圖拿西方語言的語法架構框住漢語的語法，恐怕不是一個描述漢語語法的好辦法。漢語是孤立語，又是單音節語言，同時沒有形態上的變化，也不靠前後綴語素來構詞，語法上不如西方語言嚴整。從詞類、構詞法與構句法各種語法層次來看，漢語不同於西方語言，漢語有自己的語法路徑。我們身為說漢語、研究漢語的人，必須跳脫西方的語法框架，以自己的目光審視自己語言的結構，且必須帶著語法學的學術眼光，描述自己說的這種語言的語法架構。

董憲臣教授是我在2015年7月時在北京師範大學舉辦的國際漢字漢語文化學術研討會上認識的。他具有多方面的語言文字研究專長，對於現代漢語語法，他有良好的學術基底與傳承，同時奠基於

多年的學術研究與教學經驗,他對現代漢語的句法句式有獨到的見解與細緻的分析。我們在研討會上雖然只有一面之緣,但他向我表達了想來臺灣訪問的意願。於是董教授在2016年時來到我任職的學校——臺北市立大學,進行為期十個月的學術訪問。在他訪問的這段時間,我們多次討論了現代漢語的語法架構問題,我十分佩服董教授對現代漢語語法的分析模式,我建議他把對現代漢語的語法分析寫成教材在台灣出版,於是有了這本《現代漢語語法述要》,希望臺灣對華語文教學或對語法研究有興趣的學術同好,能參考這本書,繼續探索現代漢語語法最適合的分析模式,這樣董教授的臺灣訪學之旅就更有價值了。

臺北市立大學中國語文學系助理教授　張淑萍

2016.10.25

現代漢語語法述要　目次

第三章　短語　　67

第四章　句法成分　99

第五章　語義　　　122

第八章　語用　　　195

第一章　緒論

第一節　現代漢語概述

一、語言和漢語

語言是一個音義結合的符號系統，也是一個變動的結構系統，包括語音、詞彙、語法三個基本要素。它是人類的思維工具和交際工具，人們利用語言來形成和表達思想，以及傳遞和交流信息。

語言主要具有以下三種屬性：

第一，社會性。語言依附於社會，它隨社會產生而產生，隨社會的發展而發展。反過來說，社會的存在和發展也要依靠語言，日常生活、經濟建設、生產活動等都離不開語言的參與，人類藉助語言來保存和傳承文明成果。

第二，全民性。語言為全民所創造，它是全體社會成員約定俗成的。語言也為全民所使用，是人類社會統一的交際工具，不專門

為特定的階級或階層服務。

第三，系統性。這又體現在兩個方面：其一，任何一種語言都有其自身的獨特系統，包括語音系統、詞彙系統、語法系統等；其二，語言本身就是一個極其精密的層級結構體，各層次的語言符號之間依靠組合關係和聚合關係相互關聯。

據統計，世界上大概有5000多種語言，其中使用人口在1000萬以上的有17種。其中，英語、漢語、法語、俄語、西班牙語、阿拉伯語不僅是世界上的主要語言，也是聯合國的六種工作語言。語言是民族的主要特徵之一。一般來說，各個民族都擁有自己的語言。其中，漢民族所使用的語言稱為漢語。

漢語是世界上使用人口最多的語言，也是國際通用的語言之一。它廣泛地分佈在中國大陸、台灣、香港、澳門、新加坡、泰國、越南、緬甸以及世界各地的華人社區。目前全球約有五分之一的人口使用漢語作為母語。

漢語歷史悠久，是世界上最古老的語言之一，過去曾對日本、朝鮮、越南等東亞、東南亞鄰邦的文化發展和文字創製產生了深遠的影響。直到目前，漢語的國際影響仍呈現上升趨勢，全球學習和研究漢語的人越來越多，形成了學習漢語的熱潮。

二、現代漢語

（一）方言與共同語

廣義的漢語，包括漢語方言與漢民族共同語。

方言，俗稱「地方話」，是語言的地域變體，通行於局部地區。一般認為，現代的漢語包括七大方言，即北方方言、吳方言、湘方言、閩方言、贛方言、客家方言、粵方言。每種方言的分佈

區域與使用人口均有差別。方言下又分次方言，繼而再分「方言片」，直至一個個「地點方言」。以閩方言為例，它主要分佈在台灣、福建、海南、浙江南部、廣東東南部及南部、東南亞的一些地區，使用人口約佔漢族總人口的5.7%。閩方言可分為閩東、閩南、閩北、閩中、莆仙五個次方言，其中閩南語主要流行於福建和台灣地區。台灣的閩南語，或稱「台語」、「臺灣話」，實際上又是屬於閩南語泉漳片下的地點方言。台語深受平埔族語、英語、荷蘭語、日語、台灣國語、吳語、以及外省方言的綜合影響，體現出既古老又多元的地域特色。

現代漢語七大方言區格局的形成，是歷史上社會分化、民族融合、文化傳播、人口遷移等多種因素綜合作用的結果。其中最早形成的是北方方言。大約在8000年之前，漢民族的前身華夏族活動在西起隴山（位於今寧夏、甘肅南部、陝西西部）、東至泰山（位於今山東泰安）的黃河中下游地區。由於該地區土地肥沃、氣候溫和、適於農畜，吸引周邊民族也向這裡移動，使該地區逐漸成為華夏文明和漢語孕育發展的核心地區。經歷夏、商、周三代，華夏族活動地區的語言逐步成為漢民族共同語的基礎。又經過兩漢、三國、南北朝時期的戰亂和大規模人口移動，北方話進一步融合，內部一致性增強，終於在唐宋時期成為分佈最廣、影響最大的漢語方言。其餘六大方言的形成，可以說是北方話與當地民族語言相互融合的結果。以客家方言為例：客家先民是山西、河南、安徽等地的中原漢人，他們在晉代、唐末、南宋等歷史時期由於躲避戰亂等原因數度南遷，進入江西、福建、廣東等地居住。他們本來講的是北方話，但在與當時百越、畬族、瑤族等民族的雜居、交流過程中，北方話與古越語、畬語、瑤語、贛方言、粵方言、閩方言不斷融

合、演變，使得這種語言融合的產物——客家方言約在南宋時期初步形成。

狹義的漢語，僅指漢民族共同語，即漢民族全體成員通用的語言。漢民族共同語至晚在春秋時期就已經產生，當時稱為「雅言」，主要流行於黃河流域，《詩經》中的「雅」「頌」可作為其代表。漢代稱為「通語」，西漢揚雄的《方言》就是運用「通語」來解釋各地方言的著作。元代稱為「天下通語」，當時的兩種供朝鮮人學習漢語的教科書《老乞大》和《朴通事》就是用全國通用的北京口語來寫的。明清時期，稱為「官話」，官話本是各級官府的交際語言，後來也廣泛地流行於民間。明代科舉考試規定了要說「官話」，清代甚至設立了「正音書院」，專門教授「官話」。現代的漢民族共同語，在大陸稱為「普通話」，在台灣稱為「國語」，在新加坡、馬來西亞等東南亞國家則稱為「華語」。三者名異實同，雖然在語音、詞彙上略有差異，但在語法上則幾乎沒有差別，通常統稱為「現代標準漢語」或「標準現代漢語」。

可見，方言和共同語之間存在著同根同源、相互依存的關係。方言是古代同一種語言地域分化的結果，而共同語的存在，則有利於消除地域隔閡，便於社會交際。共同語總是在某一種方言的基礎上建立並發展起來的，它有條件地、有選擇地從各方言中吸收一些有生命力的成分來豐富發展自己；方言也不斷深入共同語的成分，向其靠攏。共同語確立之後，方言的進一步分化就要受到共同語的制約。

（二）現代漢語的含義

本書所討論的對象，是「現代漢語語法」。其中的「現代漢語」，是就狹義而言的，指現代漢民族的共同語，我們不妨將其視

為「現代標準漢語」的簡稱。關於「現代漢語」的起始時間，目前仍存在一定的爭議，但通常以1919年的「五四新文化運動」前後作為起點。

現代標準漢語，是一種以北京語音為標準音、以北方話為基礎方言、以典範的現代白話文著作為語法規範的半人工性質語言。它是由專家學者及政府部門依照一定的標準制定而成的，並需要在使用過程中不斷進行規範，以確保其在社會中傳遞信息的有效性。這些標準包括：

1.語音標準

現代標準漢語以北京語音作為標準音。在漢民族共同語形成過程中，北京話一直佔據著特殊的重要地位：自金元時期開始，北京擁有800餘年的建都史，其在政治、經濟、文化方面的優勢和影響力，為北京話成為「官話」奠定了堅實基礎。從清末起開展的「國語運動」，又在口語方面增強了北京話的代表性，促使北京語音成為民族共同語的標準音。當然，北京話具有語速偏快、發音含混、吞音、兒化音極多等特點，這些在確立標準時都要謹慎對待、嚴格規範。因此，以北京語音作為標準音，並不意味著對北京話語音的全盤接受。

2.詞彙標準

現代標準漢語以北方話為基礎方言，這是因為在七大方言中，北方話分佈區域最廣，使用人口最多，影響最大。它遍及北方絕大多數地區，南方的四川、重慶、雲南、貴州、湖北、廣西、湖南、安徽、江蘇等地都有分佈，使用人口約佔漢族總人口的71.4%。因此，現代標準漢語在吸收和選擇詞彙時，通常以廣大的北方話地區普遍通行的說法為準。同時，也注意從其他方言中吸收那些具有特

殊意義和表達力、北方話中缺乏相應說法的詞語。

3.語法標準

現代標準漢語以典範的現代白話文著作為語法規範。白話文，是跟文言文相對的概念，指歷代以口語為基礎、經過加工而成的書面語，如唐代的變文和傳奇、宋代的語錄和話本、明清的筆記和小說等。新文化運動時期，「白話文運動」與「國語運動」相互推動，促進了文言統一，也使得白話文終於代替文言文，取得了文學語言的統治地位。許多具有較好語言功底和表達能力的優秀作家，開始自覺使用現代標準漢語寫作，由此湧現出一大批廣為流傳、影響深遠的經典白話文著作。這些著作在遣詞造句方面用力頗深、經得起反復推敲，具有語法示範的價值。

第二節　現代漢語語法概述

一、語言學及其分支學科

專門研究人類語言的學科叫作語言學。它的研究範圍包括語言的性質、功能、結構、運用、歷史發展及其他相關問題。

語言學的分支學科眾多，包括語音學、詞彙學、語法學、語用學、文字學、方言學、歷史語言學、應用語言學、認知語言學等等。它們各自的研究對象不同，彼此具有相對獨立性，又有著千絲萬縷的聯繫。如果從學科體系的角度進行概括和分類，語言學大致包含如下層次和門類：

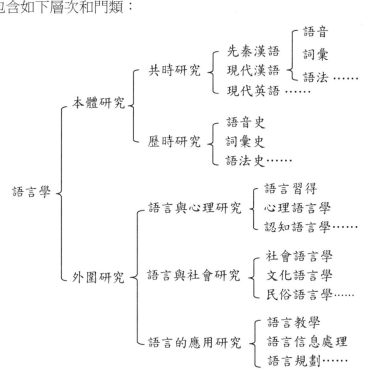

我們從中可以看出，現代漢語研究，即針對現代的漢民族共同語開展的研究，是針對一種語言進行的本體性研究，也是一種共時層面研究。現代漢語語法研究，又是現代漢語研究的一個分支。

二、語法和語法學

（一）語法的含義和屬性

語言由語音、詞彙、語法三個要素構成。其中，語音是語言的物質外殼，是語言意義的表達形式；詞彙是語言的建築材料，是一種語言裡所有的詞和固定短語的匯總；語法，又稱文法，是詞、短語、句子等語言單位的結構規則。

人們在進行日常言語交流活動時，說話者必須遵循特定的規則合理地將語言單位組織到一起進行表述，否則說出來的話語可能會令人費解，甚至引發誤解，從而導致交際的失敗。例如，「志明愛吃麵包」，如果說成「*愛麵包吃志明」或「*麵包愛吃志明」等等，都會讓聽話者感到彆扭或不知所云。這種用詞造句中暗含的規則，就是語法。

廣義的語法又分為詞法和句法兩個部分，詞法的研究範圍包括詞類、構詞法、構形法等問題；句法的研究範圍包括短語和句子的結構規則、語義類型以及句子的運用等問題。狹義的語法則通常專指句法。

我們可用下圖來簡要表示語言各要素之間的關聯：

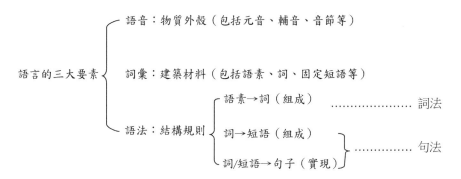

語法具有以下幾種屬性：

1.抽象性

抽象性，或稱「生成性」，這是語法最根本的屬性。語法是語言的組構規則，規則是有限的，而人們能說出的句子卻是無限的。有限的規則之所以能夠生成無限多的句子，就是因為語法具有抽象性特點。兒童在學習母語時，可以利用已經學會的詞語說出自己沒有聽過的句子，就是因為他們掌握了抽象的結構規則，能用規則來自行組織具體的句子。語法研究的基本任務就是描寫、解釋組成詞、短語、句子的規則和格式。試以漢語和日本語的句子進行比較：

我	吃	晚飯。	私は	晚ご飯を	食べます。
他	吃	蘋果。	彼は	林檎を	食べます。
小王	讀	小說。	王さんは	小說を	読みます。
老師	喝	茶。	先生は	お茶を	飲みます。
主語＋謂語動詞＋賓語			主語　＋　賓語　＋　謂語動詞		

通過對若干句例的觀察，不難發現漢、日句子的基本語序是不同的，漢語的謂語動詞通常居於主語、賓語之間，而日本語的謂語動詞則通常居於句尾。了解到這個規則之後，就可以利用它來說明兩種語言的差異，以及造出更多的新句子來。

2. 層次性

從表面上看，一個句子或短語是詞的線性序列，其實在一個複雜的句法結構中，詞與詞之間組合的鬆緊程度是不同的。這些詞總是按照一定的句法規則有先有後地層層組合，詞與詞組合為短語，短語又與其他的詞或短語組合為更大的短語，這就是句法結構的層次性。例如短語「我的少女時代」中，「少女」與「時代」先行組合，再整體與「我」進行組合。同樣，一個由多個語素構成的詞，其內部也存在層次性的問題。例如「鹹鴨蛋」這個詞裡，「鴨」與「蛋」先行組合，再整體與「鹹」進行組合。

從中我們可獲得兩點認識：第一，層次性是詞、短語等語法單位的一種隱性特徵，要通過分析才能了解其內部層次；第二，層次性是語法單位的基本屬性之一，只要一個語法單位內部包含的成分大於二，就存在著結構層次性的問題。

3.穩固性

漢語產生的年代久遠，結合語音、詞彙、語法的演變情況，可大致把漢語的發展分為四個階段：即上古漢語（秦漢及以前）、中古漢語（魏晉至五代）、近代漢語（北宋至五四）、現代漢語（五四之後）。從各時期文獻材料來看，漢語的語法特點、語法手段、句子類型等在上古時期就已經基本確立並傳承至今。例如：

（1）常規語序方面。上古漢語句法成分的排列次序與現代漢語大致相同，即主語、賓語分列謂語動詞前後，定語、狀語位於中

心語之前，補語位於中心語之後等。因此，很多古代文言文語句翻譯成現代白話，在語序上不用作出大的調整。試比較：

① 己所不欲，勿施於人。　　　（《論語‧衛靈公》）

→ 自己不喜歡的事情，不要強行加在別人身上。

② 燕雀安知鴻鵠之志哉！　　　（《史記‧陳涉世家》）

→ 燕雀哪裡知道鴻鵠的志向呢！

（2）特殊句式方面。很多現代漢語中的句式，在上古漢語中就已經孕育成形。例如：

③（陽貨）歸孔子豚。　　　　（《論語‧陽貨》）

④ 項莊拔劍起舞。　　　　　（《史記‧項羽本紀》）

⑤ 晉侯使韓宣子來聘。　　　（《左傳‧昭公二年》）

其中，例③是雙賓句，例④是連謂句，例⑤是兼語句。

（3）語用變化方面。上古漢語中的句子也常有倒裝、省略的情形發生。例如：

⑥ 甚矣，汝之不惠！　　　　　（《列子‧湯問》）

⑦ 帝高陽之苗裔兮，朕皇考曰伯庸。（《離騷》）

其中，例⑥為表達強調語氣，而將謂語提前；例⑦的前一個分句蒙後省略了主語。

相對於語音、詞彙而言，語法的穩固性極強，但並不意味著它是一成不變的。語法也會隨著時間的推移而緩慢發展演變，表現為舊的語法規則逐步淘汰，而新的語法規則逐步產生。

如古代文言文中，在一定條件下，賓語要前置：

⑧ 沛公安在？　　　　　（《史記‧項羽本紀》）

→ 沛公在哪裡？

⑨ 古之人不余欺也！　　　（北宋蘇軾《石鐘山記》）

→ 古人沒有欺騙我啊！

其中，例⑧是疑問句，疑問代詞「安」作賓語而置於謂語動詞「在」前；例⑨是否定句，代詞「余」作賓語而置於謂語動詞「欺」前。若將兩個句子翻譯成現代白話，代詞都要放到謂語動詞的後面。可見，古代漢語中「賓語前置」這條語法規則在現代漢語中已經消亡了。

與此同時，新的語法規則也在孕育、發展。例如，一般來說，名詞不能受副詞的修飾，但近年來出現一類程度副詞或否定副詞修飾名詞的現象，並逐漸受到社會的接受和認可。如「很淑女」「很暴力」「很台北」「不陽光」「夠朋友」「夠紳士」等。這種搭配格式在幾十年前通常被認為是不合語法規範的，但近年來該格式表現出極強的派生能力，能夠進入格式的名詞越來越多，引發了語法學家的關注和討論。可以說，「副詞可以修飾名詞」作為一條語法規則正處於不斷形成與鞏固的過程中。

4.民族性

人類思維的基本形式是大體一致的，但不同民族表達同一思維的語法形式卻千差萬別。每種語言都具有鮮明的民族性，表現在語音、詞彙、語法等語言要素上。例如，法語的名詞有「性」這個範疇。在法語中，自然界的一切事物（包括動物和人）都分陰性和陽性，如太陽是陽性的（le soleil）、月亮是陰性的（la lune）、大象是陽性的（éléphant n.m.）、羚羊是陰性的（gazelle n.f.）等等。這些分屬陽性和陰性的名詞，在句子中的語法表現也不同的。對比來看，漢語的名詞是沒有「性」範疇的。動物名詞自身並不具有「陰

陽」「公母」「雌雄」之別，若要區別，需要在名詞前添加相應的修飾成分來表示，如「大象——公大象/母大象」；這種添加也不會造成語法表現上的變化。

（二）語法學

語法學，是研究語言結構規則的學科，也屬於語言學的一個分支學科。從不同的研究角度出發，語法學又可分為不同的門類。

1.根據研究對象的差別，可分為普通語法學和個別語法學

前者是研究人類語言中普遍存在的語法結構規則的學科，它研究各個語言系統中語法結構模式和語法範疇之間的異同，研究一種語言的某個意義範疇在另一種語言中的表達手段和表達形式。

後者以某種特定語言的語法規則為研究對象，例如漢語語法學、拉丁語語法學等。它也是普通語法學的研究基礎。

普通語法學需要吸收各具體語言的研究成果，從中提煉概括出所有語言的共同規律來。

2.根據研究時限的差別，可分為共時語法學和歷時語法學

前者對語言發展某個階段的語法規則進行橫截式、斷代式的描寫和研究。

後者對語言發展若干階段的語法規則進行縱向式、串聯式的描寫和研究。

3.根據研究用途的差別，可分為教學語法和專家語法

教學語法，又稱「學校語法」，是針對中小學生、留學生的語法教學而建立的一套語法規則體系，其特點是明確、簡潔，具有規範性和穩定性，同時體現了較強的實用傾向。

專家語法，又稱「理論語法」，是語法學家按照自己的語言觀和方法論對語法的某些具體問題所作的描寫和分析，具有較強的學

術性、創新性，同時包含了較強的個性色彩。

語法學，通常又簡稱為「語法」。這使得「語法」這個術語，在實際運用中有兩個含義。一是指語言結構規則本身；一是指研究語言結構規則的學科。前者是從無數話語中提煉出來的、指導人們言語行為的客觀規則，它不以人的意志為轉移；後者則是人們通過研究而總結得來的主觀認識，它具有較強的主觀性特色，因研究者、因材料、因方法的不同而互有差異。我們要注意區分這兩個「語法」。例如上文說的「教學語法」和「專家語法」，嚴格來說應分別稱為「教學語法學」和「專家語法學」。

三、現代漢語語法

（一）幾組基礎概念

1.語法單位

語法是語法單位的組構規則。所謂「語法單位」，是指在語法結構的某一位置上能被替換下來的大大小小的語言片段。現代漢語的語法單位包括四個層級：語素、詞、短語、句子。

（1）語素

語素或稱「詞素」，是語言中最小的音義結合的構詞單位，也是語言中的備用單位。少數語素具有單獨成詞的能力，稱為「成詞語素」或「自由語素」。大多數語素需要與其他語素組合成詞，稱為「不成詞語素」。「不成詞語素」又可分為「半自由語素」和「不自由語素」兩類，前者在詞內位置不固定，後者又稱「詞綴」，在詞內位置固定。按照音節數量來劃分，語素又分為單音節語素和多音節語素兩類。兩個分類角度有所交疊。我們可以用下圖表示語素的名稱及分類情況：

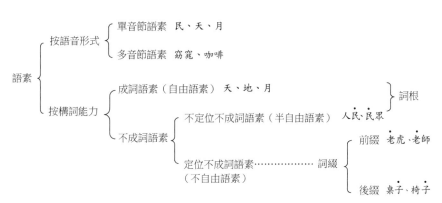

（2）詞

　　詞是最小的能夠獨立運用的語言單位，是構成短語和句子的備用單位。一部分詞加上句調可以獨立成句。例如「進來！」「蛇！」

　　注意：「獨立運用」和「最小」是區分詞與非詞的兩個必要條件。所謂「獨立運用」，是指能夠單獨成句或單獨起語法作用；所謂「最小」，是指不能擴展，即內部不能插入其他成分。詞和短語都可以「獨立運用」，但短語不是「最小」。如「鐵路」與「鐵門」都可以獨立運用，但「鐵路」不能擴展為「＊鐵的路」，是詞；而「鐵門」則可以擴展為「鐵的門」，是短語。詞和語素的定義中都有「最小」二字，但詞是能獨立運用的最小語言單位，而語素只是「最小」，不能「獨立運用」。例如，「朋友」可以獨立運用，是詞；而「朋」和「友」則不能獨立運用，只是不成詞語素。

　　詞可以從以下三個角度進行分類：

　　第一，按照音節數量，可以分為單音詞和複音詞兩類。

　　第二，按照內部結構，可分為單純詞和合成詞兩類：前者由一個語素構成，如「山」「月」「忐忑」「猩猩」等；後者由幾個語

素構成。合成詞又包括複合式、重疊式、附加式三種構詞方式：複合式合成詞由幾個不相同的詞根結合構成，詞根與詞根之間的關係包括聯合、偏正、補充、動賓、主謂五種類型；重疊式合成詞由相同的詞根語素構成，如「星星」「媽媽」等；附加式合成詞，又稱「派生詞」，由詞根和詞綴構成，詞綴在前者稱「前加式」，詞綴在後者稱「後加式」。

第三，按照語法功能，可分為名詞、動詞、形容詞等十四類。見第二章「詞類」詳述。

（3）短語

短語，又稱「詞組」，是由詞與詞依照一定的結構方式組合而成的、在語義和語法上都能搭配而沒有句調的語言單位。跟詞一樣，短語是造句的備用單位。大多數短語可以加上句調成為句子，只有少數黏著短語除外。短語的意義和分類問題，見第三章「短語」詳述。

（4）句子

句子是按照一定語法規則組織的、具有句調、能夠表達一個相對完整意思的語言使用單位。作為語法單位，詞和短語是造句備用單位，是靜態的，只有加上句調和語氣才有可能實現為句子；句子則是語言的實際使用單位，具有交際性和動態性。

句子和短語的區別主要有以下幾點：

第一，句子有特定的語氣語調，可表達陳述、疑問、祈使、感嘆等語氣，短語則不能。在書面上，句子以句號、問號或感嘆號煞尾，短語則沒有。

第二，短語有主語、謂語、狀語、補語等八種句法成分；句子除擁有這八種句法成分之外，還比短語多出獨立語這種特殊的語用

成分。

第三，句子有倒裝和省略等語用變化，短語沒有。

關於句子的類型、分析方法及運用問題，見第六章「句型」、第七章「句式」、第八章「語用」詳述。

2.句法成分

句法成分是短語和句子等句法結構中承擔結構關係的組成成分。它是根據句法結構內部各成分之間不同的組合關係以及各自的語法職能分析得來的。

句法成分是相對的，又是分層次組裝到一起的，相對的句法成分互為存在的前提條件。換言之，除獨立語外，每種句法成分總是跟另一句法成分相依存，發生一定的句法關係。

句法成分共分為九種，它們的名稱、標示符號及相互之間的匹配關係，可用下圖表示：

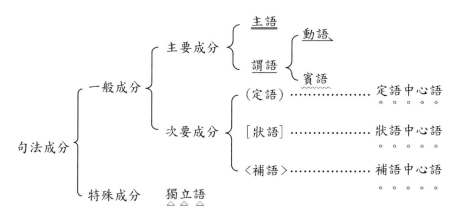

關於句法成分的種類、構成及分析方法，見第四章「句法成分」詳述。

另外，為行文便捷，本書有時會直接採用相應的符號來標示語例中的句法成分。

3.三個平面的語法觀

語言既是結構系統，也是交際工具。任何一個具體的句子，都是句法、語義、語用的結合體。因此，語法研究也應該相應地從句法、語義、語用三個平面來展開。其中，句法是句子的基本結構規則，語義通過句法表現，語用在句法、語義的基礎上才能實現。三個平面的研究既要相互區別又要相互結合，使語法研究做到形式與意義兼顧、動態與靜態兼顧、描寫性與實用性兼顧，這樣才能推動研究走向系統、全面和深入。以上就是漢語語法研究中「三個平面」語法觀的主要精神。

（1）句法平面的研究：指對句子進行句法分析，主要包括成分分析、層次分析、變換分析等內容。相關敘述詳見第三章「短語」、第四章「句法成分」、第六章「句型」及第七章「句式」。

（2）語義平面的研究：指對句子進行語義分析，主要包括語義成分分析、語義特徵分析、語義指向分析等內容。相關敘述詳見第五章「語義」。

（3）語用平面的研究：指對句子進行語用分析，主要包括句子的語氣、句子的語用變化、語用原則與會話含義等內容。相關敘述詳見第八章「語用」。

（二）現代漢語語法的特點

與世界上的其他語言，尤其是印歐語系的諸語言相比較，現代漢語在語音、詞彙、語法上都呈現出許多顯著的特點。在語法方面，主要體現在以下幾點：

1.漢語缺乏形態標誌和形態變化，語序和虛詞是兩個重要的語法手段。

　　首先，同樣的成分組合，語序不同往往會導致結構關係或語義關係上的差異。試比較：

工作結束	（主謂短語）	結束工作	（動賓短語）
特別地醜	（狀中短語）	醜得特別	（中補短語）
幸福很簡單	（主謂短語）	簡單很幸福	（主謂短語）
客人來了	（主謂短語）	來客人了	（動賓短語）

　　其次，同樣的成分組合，是否用虛詞或使用不同的虛詞，可能會導致結構關係或語義關係的差異。試比較：

看書	（動賓短語）	看的書	（偏正短語）
我的妹妹	（偏正短語）	我和妹妹	（聯合短語）
討論通過	（連謂短語）	討論並通過	（聯合短語）

　　2.漢語的詞類與句法成分之間不存在簡單的對應關係。

　　漢語的詞類（尤其是實詞）具有多功能性，一個詞類能充當多種句法成分。反過來說，一種句法成分也能由多個詞類充當。這兩點交錯糾纏，導致漢語詞類與句法成分之間的對應關係極其複雜。（參見4.2詳述）

　　3.語法（詞法、句法）結構具有一致性。

　　漢語的詞由語素構成，短語由詞構成。就絕大多數的詞和短語而言，二者的內部構造方式和結構關係是基本一致的。例如「吃驚」與「吃飯」，前者是詞，後者是短語，但構造方式都是「動+賓」，結構關係都是支配；「民主」與「人民作主」，前者是詞，後者是短語，但構造方式都是「主+謂」，結構關係都是陳述。

（參見3.2.3詳述）

這個特點也使得漢語中詞和短語之間的界限比較模糊：

第一，少量的詞兼有短語的性質，中間能夠插入其他成分。我們通常將這些詞稱為「離合詞」，如「見面」「生氣」「結婚」「離婚」「幫忙」「操心」「洗澡」「臉紅」「嘴硬」等。它們合起來用時被當作詞，拆開來用時被當作短語。如「結婚→結了兩次婚」「幫忙→幫他的忙」等。

第二，少量結構的身份是詞還是短語，需要結合語境和自身意義進行判別。如「開關」：

① 請不要隨意開關電燈。

② 我昨天買了一個開關。

例①中的「開關」，意思是「開啟和關閉」，分別代表兩個動作，能夠擴展為「開和關」，故而是短語；例②中的「開關」，意思是「可以使電路開路、使電流中斷或使其流到其他電路的電子元件」，它代表一個完整的事物，內部無法拆分，故而是詞。不難看出，後一個「開關」的意思是從前一個「開關」的意思引申出來的。（這也給我們一個啟示，即歷時來看，現代漢語中的不少合成詞都曾經歷過一個從短語逐漸凝合為詞的動態過程，語言學上稱這種現象為「詞彙化」。）

句子與短語最根本的差別在於是否包含語氣語調，單從內部結構上看，二者幾乎是一致的。因此，原本用來分析短語的層次分析法同樣適用於句子結構分析，原本用來分析句子的成分分析法同樣適用於短語結構分析。（關於「層次分析法」和「成分分析法」，分別參見3.6.2及4.3詳述。）

4.量詞十分豐富，有語氣詞。

現代漢語中存在大量而豐富的量詞，這是漢語的主要特色之一。不同的名詞、動詞要求與特定的量詞配合。例如「一匹馬」「一條蛇」「踢一腳」「打一拳」，不能講成「*一條馬」「*一匹蛇」「*踢一拳」「*打一腳」。

　　此外，不同方言中的量詞與名詞、動詞的搭配使用也有各自的習慣。如北京話講「一個雞蛋」或「一枚雞蛋」，粵語講「一隻雞蛋」，閩南話則講「一粒雞蛋」。

　　若可與名詞、動詞搭配的量詞不止一個，有時它們在表義上可能略有差異。試比較：

　　下了一陣雨（時間較短）　　　下了一場雨（時間較長）
　　解釋一下　（內容少、時間短）　解釋一遍（強調從頭到尾）

　　漢語中語氣詞也比較豐富，它們常出現在句末，表達各種語氣的細微差別。語氣詞的個體特異性較強，幾乎每個語氣詞所表達的語氣都值得深入探討。例如，同樣是表達陳述語氣，以下幾個語氣詞在具體語義上仍各有側重：

　　別灰心，這是第一次嘛。　　　（嘛：表示事情顯而易見）
　　今天是星期一欸，別忘記上班。（欸：表示婉轉的提醒）
　　要遲到了哦。　　　　　　　　（哦：表示提醒和催促
　　　　　　　　　　　　　　　　　　語氣）
　　不過丟了幾百元錢罷了。　　　（罷了：表示僅此而已）
　　他每個月能賺三萬元呢。　　　（呢：表示確定語氣，略帶
　　　　　　　　　　　　　　　　　　誇張色彩）

　　5.注重意合，經常有省略句法成分的情況發生。

　　形合與意合是語言的兩種語句銜接方式。前者指借助語言手段（包括詞彙手段和形態手段）實現詞語或句子的連接，注重形式上

的接應；後者指不藉助語言形式手段而藉助詞語或句子所包含的語義邏輯聯繫來實現它們之間的連接，注重意義上的連貫。

與印歐語系諸語言相比，漢語更注重意合，語句之間常靠內部的邏輯關聯相互銜接，人們對語義的理解往往憑藉語境及語感來完成。例如：

If winter comes , can spring be far behind ?

這是19世紀英國詩人Percy Bysshe Shelley的作品Ode to the West Wind中的名句。我們通常翻譯為「冬天來了，春天還會遠嗎？」英文中表示假設關係的關聯詞語if不須譯出，兩個分句之間的銜接十分自然。若把「if」譯出來，反倒顯得贅余。

漢語注重意合的特點，一方面使漢語顯得形式簡約而意涵豐富，另一方面也使得漢語中經常發生省略句法成分的情況。在不引起誤解的條件下，只要語境允許，許多成分都可以承前或蒙後省略。試比較：

誰是王醫生？	Who is Dr.Wang？
——我是王醫生。	—— I am Dr.Wang.
——我是。	——* I am.
——我。	——* I.

綜上，現代漢語的語法研究，要在「三個平面」的語法觀的指導下，從現代漢語自身的實際特點出發，從句法、語義、語用三個維度出發來分析和解釋種種語法現象。要避免兩種錯誤的傾向：一是「以古制今」，將古代漢語的語法規則簡單套用於現代漢語；一是「以洋律中」，將現代漢語語法與印歐語系諸語言的語法與進行簡單的比附。

第二章　詞類

第一節　詞類及其劃分依據

一、關於詞類

詞類是詞在語法上分類。

我們可以從不同的角度出發對詞進行分類。從語音的角度來看，詞可以按照音節數量分為單音詞與多音詞；從內部構成要素來看，詞可以按照其包含的語素數量分為單純詞與合成詞。現在我們出於語句結構研究的需要，從詞的語法特徵出發對其進行分類，由此得到的各個類型，即為「詞類」。

詞彙作為語言的建構材料，是組成句子的基礎單位。然而在任何一種語言中，詞語的總量都是相當龐大的。因此，如果要研究句子內部詞與詞之間的組合規律，就必須對所有的詞語進行恰當的分類。否則，就沒有辦法從林林總總的句子中有效地提煉出語法規則

來。

　　屬於同一詞類的不同詞語，雖然在具體詞彙意義上往往各有差別，但它們在語法功能上表現出較強的一致性。例如「雞」「麵包」「太陽」三者，詞彙意義迥異，但從詞類上說都屬於名詞，在句子裡都能放在動詞前後充當主語或賓語。

　　反過來說，雖然屬於同一詞類的詞語具有語法共性，但並不意味著每個詞都必須符合這個詞類的所有語法特徵，只要滿足關鍵性條件即可。例如「吃」「喜歡」「游泳」都是動詞，其共同點是都能充當句子中的謂語成分，但同中有異，具體來說，「吃」「喜歡」可以後接賓語（「吃飯」「喜歡你」）而「游泳」不能，「喜歡」可以前加副詞「很」（「很喜歡」）而「吃」「游泳」不能。這正如同大多數鳥類具有「卵生」「全身有羽毛」「會飛翔」等共性特點，而鴕鳥、企鵝不會飛翔，但因為它們具有前兩項特徵，我們不能將它們排除在鳥類之外。

　　跟「詞類」相關的一個概念叫作「詞性」，二者只是著眼點有所不同。詞類是詞的語法分類，著眼於總體，即按照一定的標準將語言中所有的詞分為若干個類別；詞性是詞的語法屬性，針對一個一個具體的詞，通過考察它的語法特徵，從而判定該詞的詞性。因此，我們可以說「某個詞的詞性是名詞」，而不能說「*某個詞的詞類是名詞」。

二、詞類的劃分依據

　　任何一種語言中的詞語，都是形態、意義、語法功能的綜合體。因此，從理論上來說，三者都有資格成為劃分詞類的可能依據。

第一，形態依據

在印歐語系的諸語言（如英語、法語、西班牙語等）裡，詞的形態豐富，劃分詞類主要憑藉詞的形態標記或形態變化，相對直觀易行。形態標記，例如法語中的形容詞通常以-nel、-aire、-ieux、-que等後綴收尾、副詞則通常以-ment後綴收尾等。通過觀察這些詞的後綴，就能大致判斷其詞性。形態變化，例如英語單詞pig、hand、tree，雖然形態缺乏共性，但都具有數的變化（變複數時要加詞尾-s），由此可以判斷它們都是名詞。形容詞有級的變化（如比較級加詞尾-er、最高級加詞尾-est），動詞有時體的變化（如過去時加詞尾-ed）等。

漢語則是一種缺乏形態的語言，詞語不但缺少形態標記、也缺少表達語法意義的形態變化。例如英語動詞「go」具有「going」「went」「gone」「goes」等變化形式，而漢語中對應的動詞「去」，不論出現在「我去」「她去」、還是「昨天去」「明天去」等短語中，都不隨主語或時體的變化而產生相應的變體。

可見，把形態作為判斷詞類的主要依據並不適用於漢語。

第二，意義依據

詞的意義包含兩方面內容：一是詞彙意義，即每個實詞所包含的概念義和色彩義，這種意義具有個體特異性；一是語法意義，指在語法上同類詞的概括意義或意義類別，這種意義具有集體共通性。例如表示人或事物名稱的詞，會被看作名詞；表示動作行為的詞，會被看作動詞；表示事物性質或狀態的詞，會被看作形容詞等。

根據語法意義劃分詞類，從理論上講是可行的。但實際上，詞義的情況相當複雜，而且詞義本身具有模糊性和主觀性，實際操作

起來會遇到界定不清的情況。例如，很多表示近似概念的詞，可能分屬不同詞類，其語法性質和語法表現並不相同。如「聰明」和「智慧」，前者是形容詞，可以受「很」修飾，後者則是名詞，可以受動詞「有」的支配。我們可以說「很聰明」「有智慧」，不能說「*有聰明」「*很智慧」。又如「紅」和「紅色」，前者是形容詞，後者則是名詞；「戰爭」和「打仗」，前者是名詞，後者則是動詞。

因此，把意義作為判斷詞類的主要依據也不適用於漢語。

第三，功能依據

詞的語法功能，指詞充當句法成分的能力以及與其他詞進行組合的能力。包括兩方面內容：

一是充當句法成分的能力，表現為能否充當句法成分以及能充當何種句法成分。根據這一語法功能，可以把漢語的詞分為實詞和虛詞兩大類。同時具有詞彙意義和語法意義、而且能充當句法成分的詞是實詞；沒有詞彙意義、只有語法意義、而且不能充當句法成分的詞是虛詞。例如「他吃了早餐」中，「他」作主語、「吃」作謂語中心、「早餐」作賓語，它們都屬於實詞；「了」不能單獨充當句法成分，屬於虛詞。

一是與其他詞進行組合的能力，表現為能否與某類詞組合、以何種方式組合等。例如，「漂亮」「聰明」「高」「長」等詞，其共同特點是都可以受到程度副詞「很」的修飾，並且不能後接賓語，我們據此將這些詞歸併為同一個詞類，即形容詞。

可見，通過觀察詞的語法功能來判斷詞類，這種方式比較適用於漢語。

然而，由於漢語的詞類與句法成分之間的對應關係十分複雜，

我們在劃分詞類時，除了主要參考語法功能之外，仍需要把形態和意義作為重要的輔助手段。

三、現代漢語的詞類

漢語詞類的劃分很難操作，至今仍缺乏一個嚴格、公認的標準。各家對漢語中包含多少個詞類、包含哪些詞類以及各詞類又包含哪些小類的觀點往往有所分歧。但總體上看，可以說是大同小異。我們參考多數學者的觀點，首先將詞類分為實詞和虛詞兩個大類；再將實詞細分為名詞、動詞、形容詞等十類，將虛詞細分為介詞、連詞、助詞、語氣詞四類。詞類劃分的大致情況，請參考《現代漢語詞類簡表》。

現代漢語詞類簡表

實詞	體詞	名詞	水、樹、教室、天堂	我、誰、這
		數詞	一、十、百、千、萬	
		量詞	個、本、條、遍、人次	代詞
	謂詞	動詞	學、有、是、想念、討論	怎樣、那樣
		形容詞	大、高、高興、雪白、甜	
		區別詞	男、女、大型、超級、民用	
		副詞	已經、不、很、都、才	這麼、那麼
特殊實詞	擬聲詞		咔嚓、嘩啦、轟隆、叮咚	
	感嘆詞		啊、哎呀、哈哈、喂	
虛詞	介詞		從、在、對、用、以、按照	
	連詞		和、跟、與、並且、如果	
	助詞		的、地、得、所、似的	
	語氣詞		的、了、吧、呢、啊	

以下兩節，分別介紹各個詞類的意義、種類和語法特徵。

第二節　實詞

一、名詞

（一）名詞的意義和種類

名詞表示人、事物、概念的名稱。按其具體含義的差別，又可細分為以下幾種：

1.普通名詞：又稱一般名詞。

　　表個體　　馬、人、父親、石頭
　　表集合　　馬匹、人口、群眾、父母
　　表物質　　水、空氣、陽光、聲音
　　表抽象　　道德、思想、主義、情結

2.專有名詞　　端午節、台北、台灣大學、孫中山

3.時間名詞　　白天、現在、春季、古代

4.處所名詞　　附近、郊區、宿舍、英國

5.方位名詞　　前、後、東北、旁邊

需要說明的是，以上對名詞各小類的劃分並不嚴格，存在一個名詞兼屬若干小類的情況。例如：普通名詞「馬」，既表個體，又表物質；「端午節」，既可視為專有名詞，亦可視為時間名詞；「宿舍」，既可視為普通名詞，亦可視為處所名詞。

（二）名詞的語法特徵

1.經常作主語或賓語。例如「警察管理交通」，其中「警察」作主語，「交通」作賓語。多數能作定語或定語中心語。例如「交通警察」，其中，「交通」是「警察」的定語，「警察」則是「交通」的定語中心語。通常不作狀語、補語。

2・一般可以受到表示名量的數量短語修飾。例如「三匹馬」「一種思想」。但專有名詞、方位名詞、時間名詞、表集合的名詞則常常受到限制。例如「*兩個台北」「*十個人口」等。

3・一般不受副詞修飾。例如「*很電影」「*不衣服」。近年來出現一種程度副詞修飾名詞的現象，並逐漸受到認可。如「很淑女」「很暴力」「很台北」「不陽光」「夠朋友」「夠紳士」等。但目前此類能夠接受副詞修飾的名詞比例仍很低。

4・不能用重疊式表達複數的概念。例如表示親屬稱謂時，「爸」與「爸爸」、「哥」與「哥哥」的基本語義是相同的。「爸爸」「哥哥」是由語素重疊而構成的詞，而不是構形上的形態變化。部分表人名詞可以後接助詞「們」來表示複數，如「孩子們」「朋友們」；不加「們」的名詞，可以表示個體，也可以表示群體，如「一個警察」「十個警察」。

（三）幾類特殊名詞

1・時間名詞

時間名詞，又稱「時間詞」，表示時間。如「現在、將來、過去、中秋、春季、星期天、上午、從前、昨天、今天、明天」等。

時間名詞的特殊性體現在：它們除了跟其他名詞一樣能作主語、賓語、定語之外，還常常作狀語，表示事件發生的時間。如「我們〔明天〕見」。

2・處所名詞

處所名詞，又稱「處所詞」，表示處所。可細分為兩個小類：一類表處所，如「附近、遠處、明處、暗處、周圍」；一類表地點或機構，如「亞洲、德國、商店、銀行」。後一類可以兼有普通名詞的身份。試比較「去銀行」與「搶銀行」：前一個「銀行」側重

於表示處所，是處所名詞；後一個「銀行」側重於表示事物，是普通名詞。

　　處所名詞的特殊性與時間名詞相同，即除了能作主語、賓語、定語之外，還常常作狀語，表示事件發生的處所。如「我們〔學校〕見」。

　　3‧方位名詞

　　方位名詞，又稱「方位詞」，表示方向及相對位置。可細分為如下兩類：

　　（1）單純方位詞

　　又稱「單音節方位詞」，共14個：

　　　上、下、前、後、左、右、裡、東、西、南、北、內、
　　　外、中

　　（2）複合方位詞

　　又稱「雙音節方位詞」，主要由單純方位詞與「之」「以」「邊」「面」「頭」等加合構成。具體包括如下幾類：

「之/以」+單純方位詞	之前、之後、以南、以北
單純方位詞+「邊/面/頭」	東邊、西邊、裡面、外面、上頭、下頭
兩個單純方位詞連用或對舉	前後、上下、左右、裡外、內外、西南、東北
單純方位詞+其他語素	內部、底下、北方、當中、其中、中間
其他語素+「邊/面/頭」	這邊、旁邊、對面、背面、那頭

　　方位名詞的特殊性體現在以下幾個方面：

第一，跟時間名詞和處所名詞一樣，可以充當狀語。如「您〔前面〕坐」。

第二，常接在其他名詞後面，組成方位短語。如「房間裡」「操場上」。

第三，除了可以表示方位之外，有些方位詞還可以表示時間、數量等概念。例如：

表時間　　　天亮以後、兩小時之內、前幾天
表數量　　　三十元左右、八十個上下
表某個領域　歷史上、理論上

二、動詞

（一）動詞的意義和種類

動詞表示動作、行為、心理活動或存在、變化、消失等。按其具體含義及語法功能的差別，又可細分為以下幾種：

1・動作動詞：表動作、行為　　走、跑、跳、看、閱讀、批評
2・心理動詞：表心理活動　　　愛、恨、羨慕、喜歡、希望、討厭
3・存現動詞：表存在、變化、消失　存在、有、發生、發展、死、消失
4・判斷動詞：表判斷　　　　是、如、叫、姓、等於
5・能願動詞：表可能、意願　要、能、會、應該、願意
6・趨向動詞：表示趨向　　　上、下、來、去、上去、下來
7・使令動詞　表示使得、命令　派、叫、請、逼、要求
8・形式動詞　本身不表具體的動作行為意義，後接動詞賓語以負載動作行為訊息　　　　　加以、給以、致以、進行

對於上述分類，需要說明的是：某些動詞含義豐富，其不同義項可能分屬不同動詞類別，應結合具體語境進行判斷。例如「叫」：在「雞叫了一聲」中意義是「鳴叫」，屬動作動詞；在「我叫你滾出去」中意義是「命令」，屬使令動詞；在「我叫周杰倫」中意義是「（名字）是」，屬判斷動詞。

　　除了上述分類角度以外，我們還常常以「能否後接賓語」為標準，將動詞分為不及物動詞和及物動詞兩類：前者又稱「自動詞」，後面不能接賓語，如「睡覺」「游泳」；後者又稱「他動詞」，後面可以接賓語，如「吃」（吃飯）、「學習」（學習知識）。及物動詞通常後邊只能接一個賓語，少數能接兩個賓語，我們稱之為「雙賓動詞」，如「送」（送你 九十九朵玫瑰花）、「偷」（偷他 一隻雞）。

（二）動詞的語法特徵

　　1．經常充當謂語或謂語中心語。例如「他來了」，其中「來」作謂語；「他終於走了」，其中「走」作謂語中心語。

　　2．多數動詞是及物動詞，可以後接賓語。其中形式動詞通常後接動詞性賓語，如「進行研究」「加以改進」。

　　3．能夠受否定副詞「不」的修飾，如「〔不〕吃」「〔不〕喜歡」。多數不能受程度副詞「很」的修飾，如「*〔很〕跑」「*〔很〕哭」；但心理動詞和部分能願動詞除外，如「〔很〕喜歡」「〔很〕應該」。

　　4．多數動詞能後接「著、了、過」等動態助詞來協助表示動作行為的時體特徵，如「看」（看著/看了/看過）、「吃」（吃著/吃了/吃過）、「愛」（愛著/愛了/愛過）。有些動詞則受到部分限制，如「死」（死了/*著/？過）。有些動詞則完全不能後接動態助

詞，如判斷動詞「是」（*是了/*是著/*是過）。

5．多數動作動詞可以重疊，重疊後表示動量或時量的減少，有時帶有嘗試的意味。單音節動詞的重疊方式為AA，如「看看」「走走」；雙音節動詞的重疊方式為ABAB，如「研究研究」「學習學習」。

（三）幾類特殊動詞

1．能願動詞

能願動詞，又稱「情態動詞」或「助動詞」，表示客觀的可能性、必要性或主觀意願。可細分為如下三類：

（1）表可能　能、能夠、會、可能、可以、可、要

（2）表必要　應、該、應該、應當、要、得（děi）

（3）表意願　肯、敢、要、願意、願

其中，個別能願動詞存在兼類的情況，需要結合詞義進行仔細辨析。例如「要」：在「天要下雨了」中意義是「即將」，表客觀可能性；在「你要早睡早起」中的意義是「應該」，表客觀必要性；在「我要拯救世界」中的意義是「願意」，表主觀意願。

能願動詞除了具有一般動詞的主要語法特徵，如可以受「不」修飾、多數可充當謂語成分等，其特殊性體現在：

第一，通常作為狀語，修飾主要動詞。例如「他〔會〕講日本語」「你〔可以〕走了」。

第二，大多能進入「不X不」格式，表達委婉或強調等語氣。例如「不能不」「不敢不」。注意：「不能不相信」的含義是「應該相信」，而不是「能相信」；「不敢不去」的含義是「沒有不去的膽量」，而不是「敢去」。

第三，大多能進入「X不X」格式，表達疑問語氣。例如「會

不會」「該不該」。

第四,能願動詞不能直接用在名詞前面,不能重疊,不能後接動態助詞「著、了、過」。注意:「要錢」中「要」,直接用在了名詞「錢」之前,其意義是「索取」,屬動作動詞,並非能願動詞。

2·趨向動詞

趨向動詞,表示動作或事件發展的趨向。又可細分為兩類:

(1)單純趨向動詞 又稱「單音節趨向動詞」,共10個:

上、下、進、出、回、過、起、開、來、去

(2)複合趨向動詞 又稱「雙音節趨向動詞」,由「上/下/進/出/回/過/起/開」與「來/去」交互組合構成,共15個。具體包括:

上來、下來、進來、出來、回來、過來、起來
上去、下去、進去、出去、回去、過去

其中,「來」「去」以說話人為著眼點,向著說話人的方向移動為「來」,離開說話人為「去」。例如「上來」,「上」表示從低往高走,「來」表示朝向說話人所處的位置,表明說話人在上面;「上去」,「去」表示離開說話人所處的位置,表明說話人在下面。

另外要注意:複合趨向動詞中,「起去」在近代漢語中還有用例,但在現代漢語中通常不再使用。

趨向動詞除了具有一般動詞的主要語法特徵,如可以受「不」修飾、可充當謂語成分等,其特殊性體現在:

第一,經常用在其他動詞或者形容詞後面,充當作趨向補語,

例如「拿〈出來〉一本書」「走〈進〉咖啡屋」「爬〈上〉山〈來〉」。

第二，有些趨向動詞不但可以表示動作趨向，還有引申用法。例如「熱起來」「好起來」中的「起來」表示事件變化的「開始」；「堅持下去」「瘦下去」中的「下去」表示事件的「繼續」；「考上」的「上」表示「實現預期目的」；「吃不下」的「下」表示「容納」等。

三、形容詞

（一）形容詞的意義和種類

形容詞主要表示性質、狀態等。主要可分為如下兩類：

1・性質形容詞　軟、硬、大、小、偉大、勇敢、優秀、漂亮
2・狀態形容詞　火紅、筆直、綠油油、黑不溜秋、糊裡糊塗

（二）形容詞的語法特徵

1・經常作謂語或謂語中心語。例如「眼睛大」，其中「大」作謂語；「眼睛很大」，其中「大」作謂語中心語。經常作定語修飾名詞。例如「（大）眼睛」「（美麗）的神話」。少數性質形容詞能夠作狀語或補語修飾動詞。例如「〔快〕跑」「〔得意〕地笑」「看〈清楚〉」「吃〈多〉了」。後面不能接賓語。

2・性質形容詞大都能受程度副詞和否定副詞「不」修飾。如「很傷心」「太孤單」「不容易」。狀態形容詞則不能受程度副詞和否定副詞「不」修飾。如「*不碧綠」「*很雪白」「*很冰涼」。因為在「碧綠」「雪白」「冰涼」等狀態形容詞的內部，「碧/雪/冰」修飾「綠/白/涼」並說明其程度，也就是說，這些詞自身帶有程度意義，與程度副詞和否定副詞的性質相互衝突。

3・性質形容詞在以下幾種變化形式下，也能夠獲得程度意義，此時用如狀態形容詞，不受程度副詞和否定副詞「不」修飾：

（1）重疊式。如「高→高高（的）」「漂亮→漂漂亮亮」「馬虎→馬馬虎虎」。

（2）「A裡AB」式，亦可視為一種特殊的重疊式。如「糊塗→糊裡糊塗」「慌張→慌裡慌張」「馬虎→馬裡馬虎」。

（3）後接疊音詞綴。如「胖→胖乎乎/胖嘟嘟」「慢→慢騰騰/慢吞吞」。

（4）後接其他詞綴。如「黑→黑不溜秋」「傻→傻不拉嘰」。

四、區別詞

（一）區別詞的意義和種類

區別詞主要表示事物的屬性，具有分類的作用，因此往往成對或成組出現。例如：

1・成對的區別詞

正—副　葷—素　雌—雄　男—女　公—母
惡性—良性　急性—慢性　有償—無償
軍用—民用　木本—草本　公立—私立

2.成組的區別詞

酸性—中性—鹼性　高檔—中檔—低檔
大型—中型—小型　超級—特級—中級—初級

（二）區別詞的語法特徵

1・單用時只能作定語。例如「（男/女）廁所」「（草本/木

本）植物」「惡性/良性腫瘤」。多數能帶「的」構成「的」字短語。例如「女的」「金的」「私立的」。不能單獨作謂語、主語、賓語等成分，但組成「的」字短語後能作主語和賓語，作用相當於名詞。如「西式的比較貴、我喜歡中式的」。

　　2‧不能受數量短語修飾。例如我們可以說「一個男的」，不能說「*一個男」。

　　3‧不能受程度副詞或否定副詞的修飾。例如「*很無償」「*不公立」。表否定時只能用「非」進行修飾。例如「非有償（服務）」「非公立（學校）」。

五、數詞

（一）數詞的意義和種類

數詞表示數目和次序。可分為基數詞和序數詞兩大類。

　　1‧基數詞：表示數目多少。可參與構成表示倍數、分數或概數的短語。

　　　（1）表倍數的格式：基數詞+「倍」　　一倍、十倍、二十倍
　　　（2）表分數的格式：
　　　　　　基數詞+「分之」+基數詞　　三分之一、百分之五十
　　　　　　基數詞+「成/折/分」　　　　　八成、七折、六分
　　　（3）表概數的格式：
　　　　　　基數詞+「多/幾」　　　　　一千多、十幾
　　　　　　基數詞+「上下/左右」　　五十上下、七百左右
　　　　　　相鄰兩個基數詞連用　　二三百、七八十
　　2‧序數詞：表示次序先後。一般由基數詞前加「第」或「初」構成。例如「第一」「第五」「初三」等。有時，也用

「甲、乙、丙、丁」「子、丑、寅、卯」「伯、仲、叔、季」「Ａ、Ｂ、Ｃ、Ｄ」等表示次序。此外，還有一些表示次序的習慣搭配。例如：「大兒子」，即第一個出生的兒子；「小女兒」，即最末出生的女兒；「頭一回」，即第一回；「末班車」，即時序上最晚的一班車等。

（二）數詞的語法特徵

1．數詞的最主要的功能是與量詞組合為數量短語，充當定語、狀語、補語等句法成分。例如「（一片）浮雲」「〔一把〕拉住」「走〈一回〉」。

2．數詞一般不能直接與名詞組合，例如「*五老師」「*三桌子」。中間必須插入適當量詞才是合格的結構，例如「五位老師」「三張桌子」。但有些成語或文言格式中存在數詞與量詞直接組合的情況，如「三頭六臂」「一花一世界」等，這是古漢語用法的遺存。

3．序數詞在參與構成專有名詞時，中間不用量詞。例如「第一中學」「第五碼頭」。有時可以省略「第」，採用基數的形式，但實際上仍表示次序而非數量概念。例如：「一中」，即指「第一中學」；「（住在）六樓」，相當於「（住在）第六層樓」；「捷運三出口」即指「捷運第三出口」；又如我們在寫論文時，經常用「一、二、三……」對材料或論點進行排序，實際上是「第一、第二、第三……」的省略。

六、量詞

（一）量詞的意義和種類

量詞表示計量單位。大致可分為名量詞和動量詞兩類：

1‧名量詞：又稱物量詞，表示人或事物的計量單位。

表度量衡　　寸、尺、米、丈、里；坪、平方米；

　　　　　　公升、斗、加侖；兩、公斤、磅

表個體　　　個、塊、條、張、本、片、輛、朵、把、件

表集合　　　雙、對、副、堆、批、群、幫、班、套、組

表不定量　　點兒、些

2‧動量詞：表示動作行為的計量單位。

次、回、趟、遍、下、遭、番

注意：有些量詞既可用作名量詞又可以用作動量詞。例如「口」，在「一口井」中是名量詞，在「咬一口」中是動量詞；「把」，在「一把米」中是名量詞，在「拉一把」中是動量詞；「場」，在「一場夢」中是名量詞，在「鬧一場」中是動量詞。

以上列舉的各詞，我們可稱之為「專用量詞」，除了專職作量詞，罕作他用。此外，還有一些表示名量或動量的詞是臨時借用來的，我們可稱之為「借用量詞」。例如：

借自名詞　　一尾魚、一杯水、一車貨物、一桌酒席、

　　　　　　一肚子氣、踢一腳、砍一刀

借自動詞　　一捆柴、一抹斜陽、一包東西、一發炮彈、

　　　　　　一捧雪、一堆土、一掛鞭炮

另外，漢語中還存在少量複合量詞，它們由兩個或三個相關量詞組成，表示複合計量單位。如「人次、秒立方米、千米每小時」等。

（二）量詞的語法特徵

1‧量詞的最主要功能是與數詞組合為數量短語，充當定語、狀語、補語等句法成分。例如「（一片）浮雲」「〔一把〕拉住」

「走〈一回〉」。但複合量詞與數詞組合而成的數量短語則只能充當補語。例如「突破〈一千人次〉」「超過〈四十千米每小時〉」。

2．量詞能夠單獨充當句法成分。數詞和名量詞組成的短語一般作定語，當它不在句首且其中的數詞是「一」時，「一」常可省略。如「有個姑娘」「喝口水吧」，「個」「口」前分別省略了「一」。

3．單音節量詞、數量短語大多可以重疊，構成「AA」、「一A一A」「一AA」等形式，常充當定語、狀語、主語、謂語等句法成分。例如「（條條）大路通羅馬」「〔步步〕高升」「〔一件一件〕地檢查」「一個個呆若木雞」「繁星點點」等。

七、副詞

（一）副詞的意義和種類

副詞表示程度、範圍、頻率等意義，主要用於修飾限定動詞、形容詞性成分。可細分為如下九類：

1．程度副詞　很、極、頂、最、超、十分、非常、格外、更加、稍微、幾乎、尤其

2．範圍副詞　只、都、全、共、光、總共、一齊、一概、一律、單單、僅僅、通通

3．處所副詞　到處、四處、處處、隨處

4．頻率副詞　一再、再三、再次、屢次、重新

5．時間副詞　立即、立刻、馬上、已經、才、就、正、在、正在、剛、剛剛、已經、曾經、經常、常常、依舊、依然、漸漸、永遠、一直、始終、

41

終於、偶爾、忽然、起初、隨時、一向、
歷來、從來、原來

6‧否定副詞　不、沒、沒有、別、未、莫、勿、未必、
不用、甭、不必、休

7‧情態副詞　大肆、肆意、特意、親自、猛然、單獨、大力
忽然、公然、連忙、趕緊、悄悄、暗暗

8‧語氣副詞　難道、也許、大概、莫非、必定、必然、
的確、當然、其實、居然、竟然、索性、
偏偏、偏、簡直、幾乎、幸虧、幸而、反正、
究竟、到底、畢竟、何嘗、明明、只好、
未免、可、斷然

9‧關聯副詞　也、又、卻、便、就、在、既、越

（二）副詞的語法特徵

1.副詞最典型的語法作用是充當狀語，修飾動詞、形容詞或全句。例如「〔都〕走了」「〔非常〕可愛」。個別程度副詞如「很」「極」等，除了作狀語之外，還可以修飾形容詞作補語，如「機智得〈很〉」「方便〈極〉了」。

2.副詞一般不能單說。只有「不、沒、沒有、的確、也許、當然、何必、馬上、剛好、剛剛」等可以單說或單獨用來回答問題。例如：

你什麼時候到家的？　—— 剛剛。

你昨天去上班了嗎？　—— 沒有。

3.有些副詞有關聯作用，可以繫聯詞、短語、小句等，我們稱為「關聯副詞」。例如「又哭又笑」、「打死也不說」、「越吻越傷心」、「打得贏就打，打不贏就跑」等。

4.副詞的個體特異性極強，幾乎每個副詞的語法功能都值得深入討論。這主要體現在三個方面：

第一，屬於同一小類的副詞，意義和用法往往存在差別。例如「不、沒、別、甭」同屬否定副詞，修飾動詞時所表達的意義不盡相同：「不去」表示說話人不願意去；「沒去」表示「去」這件事沒有發生；「別去」表示對「去」這個動作的勸止；「甭去」表示沒有「去」的必要。

第二，同一個副詞，可以兼屬不同的小類，在不同語境下意義不同。例如「又」：在「他又生病了」中，表示同一事件重複發生，是頻率副詞；在「又唱又跳」中，表示兩種情況同時存在，是關聯副詞；在「心裡苦悶，嘴上又不說」中，表示轉折語氣，是語氣副詞。

第三，有時同一個副詞，用在句中或用在句首的含義並不相同。例如「幸好」：在「你幸好來了，不然你會錯過這次機會的。」中，表示受益人是「你」；而在「幸好你來了，不然我們會迷路的。」中，表示受益人是「我們」，即「你」以外的人。用法類似的副詞還有「就」「僅僅」「偏偏」等。

八、代詞

（一）代詞的意義和種類

代詞是具有代替和指示作用的詞。按照代詞的意義和用途，可將其分為三類：

1・人稱代詞：用來代替人或事物名稱的詞。又分為：

第一人稱代詞　我、我們、咱、咱們

第二人稱代詞　你、你們、您

第三人稱代詞　他、她、它、牠、祂、他們、她們、
　　　　　　　它們、牠們

其他人稱代詞　別人、大家、大夥兒、自己

注意：第二人稱代詞「您」，是「你」的敬稱，在口語裡沒有複數形式，有時用「您二位、您幾位」來表示。近年來，書面語中偶爾也有用「您們」的。「自己」也被稱為反身代詞，用來複指前面的名詞或代詞，如「我自己」「小明自己」。但英語中「myself」是一個詞，「-self」是詞綴，而漢語中「我自己」則是一個同位短語。

2・疑問代詞：用來表達疑惑並提出問題的詞。例如：

誰、什麼、哪、哪裡、哪兒、幾、多、多少、怎麼、
怎樣、怎麼樣

3・指示代詞：用來指稱或區別人物和情況的詞。又分為：

近指代詞　這、這裡、這兒、這些、這麼、這樣、這麼樣

遠指代詞　那、那裡、那兒、那些、那麼、那樣、那麼樣

分指代詞　每、各

旁指代詞　另、另外、其他、其餘

統指代詞　一切、所有、任何

不定指代詞　某

（二）代詞的語法特徵

1.代詞的基本功能是替代其他實詞或短語。例如：

張先生，請您進來一下。（「您」替代「張先生」）
那隻流浪狗很可憐，快把牠帶回家裡吧。（「牠」替代「那隻流浪狗」）

2.代詞不是按照語法功能劃分出來的詞類，只是在「指代」上有共同點。代詞所替代的詞語充當什麼句法成分，代詞就充當什麼句法成分。從這一點出發，代詞也可以大致分為代名詞（如「我」「什麼」）、代謂詞（如「怎樣」「這樣」）、代副詞（如「多麼」「那麼」）三類。

3.代詞可以活用。所謂「活用」，是說代詞除了實有所指之外，還有任指、虛指等用法。

（1）任指

表示周遍性，即在所涉及的範圍之內沒有例外，後面常有「也、都」等與之呼應。

　　那種地方誰也不想去。（「誰」意為「任何人」）
　　他什麼歌都會唱。（「什麼」意為「任何」）
　　我是祖國一塊磚，哪裡需要哪裡搬。（「哪裡」意為「任何地方」）

（2）虛指

指稱不知道或說不出來的人、事物、處所、時間等，或所指稱的對象不明確、不具體。

　　大家你看看我，我看看你，面面相覷。
　　這也不行，那也不行，你到底要我怎麼做？
　　不知誰把窗戶打破了。
　　在哪裡見過你，你的笑容這樣熟悉。

（3）其他用法

　　你想喝酒就喝他個痛快！（「他」無所指稱，只起增強語勢的作用）

45

房間裡擺滿了古玩字畫什麼的。（「什麼」表示列舉未盡）

「你寫的字真漂亮！」「哪裡哪裡！」（「哪裡」是謙辭）

九、擬聲詞

（一）擬聲詞的意義

擬聲詞，又稱「象聲詞」，是模擬聲音的詞。

擬聲詞描摹物體的音響或動物的叫聲等，具有修辭作用，能使語言形象、具體，給人身臨其境的實感，故常在口語或文學作品中使用。

（二）擬聲詞的語法特徵

擬聲詞可以作狀語、定語、謂語、獨立語等成分，也可以單獨成句。作狀語最常見，有時後面加「地（一聲）」。

我的心砰砰直跳。

窗外啪地響了一聲。　　　　　　（作狀語）

電話傳來喂喂的聲音。　　　　　（作定語）

那群女生整天唧唧喳喳的。　　　（作謂語）

一句話把他氣得直哼哼。　　　　（作補語）

她的嘰哩呱啦是出了名的。　　　（作主語中心語）

轟，轟，天空中傳來兩聲悶響。（作獨立語）

砰！子彈向別處飛去。　　　　　（單獨成句）

十、感嘆詞

（一）感歎詞的意義

感歎詞是表示感歎或呼喚、應答的詞，又稱「歎詞」。例如：

表高興、得意　哈哈、呵呵　　表懊惱、歎息　唉、咳

表讚歎、羨慕　　嘖、呵　　　表輕蔑、不滿　　哼、呸
表醒悟、領會　　唔、哦　　　表呼喚、應答　　喂、嘿

注意：感歎詞一般都是從人類發聲器官發出的表達感情的詞。「呼嚕」「噴嚏」雖然也是對人類某種聲音的描摹，但不表達主觀感情，所以是擬聲詞。此外，嘆詞的書面寫法不固定。例如「哎喲」，也可以寫作「啊喲」「喔唷」等。有時同一嘆詞的發音也不固定，如「欸」有時也可以發音作〔ai〕或〔ei〕。

（二）感歎詞的語法特徵

1・感嘆詞的獨立性很強，常用作感歎語（獨立成分），也可以單獨成句。例如：

哎呀，我居然忘記帶錢包了！（作獨立語）
呸！你這個人渣！　　　　　（獨立成句）

2・感嘆詞可以表達感情的複雜性。漢語感嘆詞數目較多，表達感情時區別細緻。同一感嘆詞，伴隨不同的語調，在不同的語言環境中可以表達不同的感情。以「啊」為例：

啊，他居然是這種人？
　　　　　　　（因意想不到而吃驚，語調降低而後上升）
啊！你說什麼？（因沒聽清楚而追問，語調高揚，舒緩）
啊，原來如此。（恍然大悟，語調低降舒緩，聲音較長）
啊，就這樣吧。（表示同意，語調降低，聲音短促）

第三節　虛詞

一、介詞

（一）介詞的意義和種類

　　介詞是用來引介與謂詞有關的對象的一類虛詞。它依附在引介的詞語之前，與之共同構成「介詞短語」，整體來修飾謂詞性詞語。根據介詞所引介對象的不同，大致可將介詞分為以下類型：

1.引介對象為時間、處所、方向　　從、自、自從、到、往、在、當、朝、沿著、隨

2.引介對象為方式、依據、工具　　按、照、按照、依、依照、經過、通過、根據、憑

3.引介對象為目的、原因　　為、為了、為著、因、由於、因為

4.引介對象為施事、受事　　被、給、讓、叫、由、把、將

5.引介比較對象　　比

6.引介關涉對象　　對、對於、關於、除了、給、替、向、同、跟、和

　　注意：「沿著」「為了」等介詞中包含的「著」「了」是構詞語素，不是動態助詞。

（二）介詞的語法特徵

　　介詞不能單獨使用，必須與其引介成分一起構成介詞短語才能充當句法成分。介詞短語通常充當狀語，也可充當補語、定語（與中心語之間要用「的」銜接），偶爾充當賓語、主語，不能充當謂語中心。

你〔把我〕灌醉。　　　　　　　　（作狀語，表受事）

他〔比你〕帥。　　　　　　　　　（作狀語，表比較對象）

〔為了幸福的明天〕，你們應該努力學習。

　　　　　　　　　　　　　　　　（作狀語，表目的）

古時候流傳著許多（關於這位詩人）的故事。

　　　　　　　　　　　　　　　　（作定語，表關涉對象）

送你送〈到小村外〉，有句話兒要交代。

　　　　　　　　　　　　　　　　（作補語，表處所）

我們初次相遇是在1958年。　　　　（作賓語，表時間）

從北京到上海大約需要兩小時。　　（作主語，表處所）

二、連詞

（一）連詞的意義和種類

連詞是起連接作用的一類虛詞。連詞可以連接詞、短語、分句和句子等，表示並列、選擇、遞進、轉折、因果等關係。根據連詞所連接的成分的不同，大致可將連詞分為三類：

1.主要連接詞和短語　　　　和、跟、同、與、及、以及、或

2.主要連接複句中的分句　　不但、不僅、雖然、但是、如果、

　　　　　　　　　　　　　因為、所以、與其

3.既可連接詞語，也可連接複句中的分句　　而、而且、並、

　　　　　　　　　　　　　　　　　　　　並且、或者

其中，「而」的用法相對複雜。首先，它所連接的前後項既可以是詞或短語，也可以是分句。其次，從前後項之間的意義關係來說，既可以是直承、遞進的順接關係，也可以是轉折、相反的逆接關係。例如：

簡練而生動　　　　（順接，前後項都是詞）

大而無當　　　　　（逆接，前項是詞、後項是短語）

人生苦短，而睡眠又佔去了三分之一的時間。

　　　　　　　　　　（順接，前後項都是分句）

南方已經春暖花開，而北方仍舊大雪紛飛。

　　　　　　　　　　（逆接，前後項都是分句）

（二）連詞的語法特徵

連詞的作用是連接，沒有修飾作用。從連接的成分看，有的是詞或短語，有的是分句。從連接的方式看，有的表示聯合關係，有的表示偏正關係。每個連詞必定連接一定的成分並表示一定的關係。

三、助詞

（一）助詞的意義和種類

助詞是附著於實詞、短語或句子，表示結構關係或動態等語法意義的一類虛詞。常用的助詞有以下幾類：

結構助詞　的、地、得

動態助詞　著、了、過

比況助詞　似的、（一）樣、（一）般

概數助詞　多、來、把

其他助詞　所、等、們

（二）助詞的語法特徵

助詞的共性特點是獨立性極差，必須附著在其他詞語之前或之後；其中，結構助詞和動態助詞都要讀輕聲。

1.結構助詞

普通話裡的結構助詞「 ㄜ 」，在書面上習慣寫成三個不同的字「的」「地」「得」。三者分別是定語、狀語、補語的標誌，用於連接偏正短語（包括定中短語和狀中短語）和中補短語裡的偏項和正項，表示附加成分和中心語之間的結構關係。

（1）「的」用於定語和中心語之間，參與構成定中短語，如「知識的海洋」「盛夏的果實」。還可以附著在實詞或短語後面組成「的」字短語，如「吃的」「大的」「開車的」。

（2）「地」用於狀語和中心語之間，參與構成狀中短語，如「好好地休息」「格外地高興」。

（3）「得」用於中心語和補語之間，參與構成中補短語，如「冷得發抖」「好得很」。

2.動態助詞

動態助詞是漢語中的「體」標記，附著於動詞或形容詞之後，主要作用是表示動作行為或性狀所處的情況。

（1）「著」通常表示動作的進行或狀態的持續等。

他在路上慢慢地走著。 （表動作的進行）
門開著。 （表動作完成後遺留狀態的持續）
你哭著對我說：童話裡都是騙人的。（表伴隨發生的動作）
燈亮著。 （表狀態的持續）
機靈著點兒！ （用於祈使句中，表示要求保持
某種狀態）

（2）「了」通常表示動作或狀態的實現等。

①我已經通知了他。 （表動作的實現）
②橘子紅了。 （表狀態的實現）

③公交車來了！　　　　　　（表預計中動作的實現）

④如果你說錯了，是要負責任的。

（表假設中動作的實現）

　　注意：「動詞+了」結構表示動作或狀態的實現。第一，動作或狀態的實現與其發生的時間點沒有必然聯繫，故可實現於過去（如例①），也可實現於將來（如例③）乃至假設的情況下（如例④）。第二，「了」所「關心」的只是動作或狀態的實現，換言之，只要動詞所表示的動作或狀態實現了，後面就可以加「了」。至於動作或狀態持續多久、是否完成等信息，則是由動詞自身性質及動詞後的時量補語、句中的時間狀語、後續句等其他成分提供的，與「了」無關。例如「我餓了」，僅表示「餓」這個狀態從無到有的實現過程；「我餓了三天」，其中的「三天」表示「餓」這個狀態所持續的時長。

　　（3）「過」通常表示動作曾經發生或狀態曾經存在。

　　　　愛過方知情重，醉過方知酒濃。（表動作曾經發生）

　　　　這首歌曾流行過一陣子。　　　（表狀態曾經存在）

　　注意：「過」表示曾經如此，但在說話時該動作已經不再進行或狀態不再存在。例如「我也年輕過」，說這句話的前提條件是「我現在老了」。「過」之前的動作或狀態與往往與現在正談論的事情有關係，或對現在談論的事情有影響。因此，包含「過」的句子在語義上一般是不自足的，它不負載說話人要傳達的最終資訊。例如「這部電影我看過」，言外之意可能是「（所以）還記得電影情節」或者「（所以）我不想再看了」等等。

　　基於上述特性，「過」一般不與以下幾類動詞結合：第一、動詞所表示的動作在人或事物存在期間只能發生一次，如「死、出

生」等。第二、某些具有認知意義的動詞，如「忘記、明白、懂」等。第三、某些表示尋常行為的動詞，如「吃飯」「睡覺」等。因為這些動詞所表示的動作每天都在發生，對目前談論的事情很難具有實質性影響，「我吃過飯」「他睡過覺」這樣的話沒什麼意義。

另外要注意：「時」「體」範疇是很多語言中都具備的表示動詞所反映的動作行為發生時間與進行情況的一系列特徵，但不同語言中「時」「體」的表達手段是各異的。在對外華語教學中，我們有時會把動態助詞的功能與英語的「時」「體」表達方式進行簡單的比附，比如認為「著」相當於現在進行時、「過」相當於過去完成時、「了」相當於一般過去時等。實際上，漢語中動態助詞的功能極為複雜，不宜進行這種比附。

3.比況助詞

比況助詞通常附著在名詞性、動詞性、形容詞性成分之後，構成比況短語，比況短語經常跟「如同」「彷彿」「像」「好像」配合使用，表示比喻，具有描寫作用。如「像螻蟻一樣」「好像睡著了似的」「如同睡著了一般」。

注意：「一樣」兼有動詞和助詞兩種詞性。作動詞時，表示比較，強調實際的等同；作助詞時，表示比喻，強調相似性，可與「似的」「一般」互換。試比較：

我的分數跟小王一樣。↛ *我的分數跟小王似的。（「一樣」是動詞）

他狡猾得跟狐狸一樣。→他狡猾得跟狐狸似的。（「一樣」是助詞）

4.概數助詞

概數助詞通常與數詞或數量短語搭配，表示大概的數量。例如「千把人」、「三十來歲」、「五十多斤」等。

5.其他助詞

（1）「所」經常附著在及物動詞之前，構成「所」字短語，整體作用相當於一個名詞。如「所見」「所聞」「所愛」。此外，「所」還經常和「被/為」相搭配，組成「被/為……所」格式，表示被動，如「被強盜所害」「為情所困」。

（2）「等」通常附在名詞性成分或在幾個並列的名詞性成分之後，主要有三個作用：一是表示複數意義，如「一眾人等」「我等」；二是表示列舉未盡，如「牛、狗、豬等動物」；三是用於列舉後煞尾，如「大西洋、太平洋、印度洋、北冰洋等四大洋」。

（3）「們」通常附在表人的名詞或短語之後，表複數意義，如「先生們」「父老鄉親們」等。表人的專有名詞有時也可後附「們」，表示某一類人的意思，例如「馬雲們」。表示事物的名詞一般不能與「們」搭配，如「*香蕉們」「*桌子們」，除非採用了擬人的修辭手法。

四、語氣詞[1]

（一）語氣詞的意義和種類

語氣詞是表示語氣的一類虛詞，本身都讀為輕聲，常用在句尾表示陳述、疑問等各種語氣，也可以用在句中停頓處，具有提示「話題」等作用。

根據語氣詞所表達的語氣類型，主要可將其分為四類：

---

[1]　也有些語法書將語氣詞歸為助詞的一個次類，稱之為「語氣助詞」。

1.表達陳述語氣　的、了、呢、哦、喲、啊、嘛、唄、啦、
　　　　　　　　嘞、嘍、嘔、欸、罷了
2.表達疑問語氣　嗎、呢、吧、啊
3.表達祈使語氣　吧、了、啊、哈
4.表達感歎語氣　啊

（二）語氣詞的語法特徵

1.語氣詞作為表達語氣的手段之一，有時可以刪除而不怎麼影響句子的語氣表達。例如「難道你不愛我嗎？」，若刪除句末的「嗎」，句子照樣可以表達反詰語氣。

2.有些語氣詞可以用於表達不同語氣的句子中。例如「吧」：

　　你是王老師的學生吧？（疑問句）
　　我們一起去吃飯吧！　（祈使句）

這主要是因為「吧」的核心功能是表達一種介乎信疑之間的語氣，因此既可用於表商量的祈使句，也可用於表猜度的疑問句。

又如「啊」，可用於陳述句、疑問句、感歎句、祈使句，這是因為「啊」的核心功能為「表達舒緩語氣」，與表達各種語氣的句子都能兼容。

3.語氣詞的附著性極強，必須依附於句子或其他詞語之後。感歎詞則獨立性極強，通常獨立成句或在句中充當獨立語。例如「啊！好帥啊！」中，前一個「啊」是感歎詞，後一個「啊」是語氣詞。

4.語氣詞不止可以用於句末，還可以用於句中。大致有三種情況：

　　（1）用在主語後面，起突顯「話題」作用，並引發聽者對下

文內容的注意。

> 這本書吧/呢/啊，我已經看過很多遍了。

（2）用於多項列舉的各項之後。

> 很多古代的名著，比如《紅樓夢》啊，《西遊記》啊，《水滸傳》啊，我都讀過。

（3）參與構成一定的格式。例如「V啊V啊」，表示動作重複。

> 找啊找啊找朋友，找到一個好朋友。

5.有些語氣詞不止有語氣意義，還具有成句的作用。有些句子沒有語氣詞煞尾的話就不合法或不能獨立成句。例如：「他已經睡覺了。」是個合法的句子，但如果把句末的語氣詞「了」刪除，說成「*他已經睡覺。」，就是個不合法的句子。可見，「了」對句子的完整性具有一定的影響。

（三）基本語氣詞

漢語方言和普通話裡的語氣詞數量是不菲的，但普通話裡最常用的語氣詞主要有「的、了、呢、嗎、吧、啊」六個，我們稱之為「基本語氣詞」。

1.的：主要用於陳述句，表「情況本來如此」。如「我是不相信的。」

2.了：主要用於陳述句和祈使句，表「新情況的出現」。如「下課了。」「別等了。」

3.呢：主要用於陳述句和疑問句，表確定或追究語氣。如「外面下雨呢。」「雨傘呢？」

4.嗎：主要用於疑問句，表疑問語氣。如「你是學生嗎？」

5.吧：主要用於疑問句和祈使句，表猜度或商量語氣。如「你是學生吧？」「走吧。」

6.啊：主要用於陳述句、疑問句、感歎句、祈使句，表舒緩語氣。如「我還沒吃飯啊。」「你是誰啊？」「真漂亮啊！」「不許騙我啊！」

上述語氣詞可以連用。連用時，通常遵循這樣一個由句子內層至外層的次序：「的」＞「了」＞「呢/嗎/吧/啊」。例如：

我們不是說好一起走　　的　　　嗎？
你知道她這幾天生病　　　　了　吧？
我是不打算去北京　　　的　了　啊。（「了啊」又常合音為「啦」）

其它的語氣詞，有些使用頻率比較低，有些則是語流音變或連讀合音的結果。例如「哇」「呀」「哪」都是「啊」受其前一音節影響而產生的語音變體；「啦」是「了啊」的合音、「嘍」是「了嘔」的合音、「唄」是「吧欸」的合音、「吶」是「呢啊」的合音等。

第四節　詞類總結

一、詞類辨析

上兩節分別簡要介紹了漢語中的十四個詞類。其中，存在共性特點的不同詞類可歸併為更大的詞類。例如形容詞和動詞都經常充當謂語成分，可合稱為「謂詞」；擬聲詞和感歎詞都與聲音有關，可合稱為「聲詞」等。同時，各詞類之間在意義和用法上有時界限不甚分明，容易引起混淆。以下對部分詞類之間的異同進行簡要說明。

（一）實詞　虛詞

實詞和虛詞的根本差別在於是否具有詞彙意義。由此導致二者在語法表現上也不盡相同：

1．能否充當句法成分。實詞可以充當主語、謂語、賓語等句法成分，而虛詞不能。

2．能否單獨成句。絕大部分實詞都能單獨成句，而虛詞一般不能。虛詞缺乏句法獨立性，需要附著於各類實詞和短語。

3．詞類是否開放。實詞大多是開放類，成員數量不易窮盡。其中代詞、副詞比較特殊，數量有限。虛詞則為封閉類，每類詞的成員比較穩定。

4．是否定位。大部分實詞在跟其他實詞或短語組合時所處的位置是比較靈活的，但虛詞在跟其他實詞或短語組合時所處的位置是相對固定的。例如結構助詞「的」「地」「得」，只能居於修飾語和中心語之間；語氣詞「嗎」「吧」等，多數情況下居於句末。

5．使用頻率高低。與實詞相比，虛詞的使用頻率極高。漢語

由於缺乏印歐語系諸語言那樣的詞形變化，許多語法意義要靠虛詞來表示。很多情況下，只有實詞而不依靠虛詞的句子很難有效組織起來。例如「的」「了」等助詞，幾乎出現在我們口語的每個句子中。

　　參考以上幾條標準，我們會發現有幾類實詞的性質實際上是介於虛實之間的。例如「副詞」：副詞是個封閉類，漢語中常用副詞的總量約一百餘個；副詞通常用在謂詞之前充當狀語，定位性較強；多數副詞不能單獨成句。以上都是虛詞才具備的特點。然而，副詞可充當狀語、補語、定語等句法成分，詞義也並非完全虛靈，這些又是實詞才具備的特點。因此，把副詞歸入實詞或虛詞都是有道理可循的。本書依照多數語法書的分類方式，將副詞歸入實詞。又如「擬聲詞」和「感歎詞」：二者合稱「聲詞」，都能充當句法成分，而且具備單獨成句能力，這些都是實詞的特點，但二者又與其他類的實詞、虛詞都存在明顯的差異，故我們姑且稱二者為「特殊實詞」。

（二）名詞　謂詞

　　名詞通常用來指稱人或事物，經常充當主語或賓語成分。

　　謂詞是動詞、形容詞以及代謂詞（代詞的一類）的合稱，這幾類詞通常用來陳述動作行為或事物的性狀，經常充當謂語成分。

　　名詞與謂詞的語法性質是相互對立的。[1]除了經常充當的句法成分不同之外，以下幾個特點都是謂詞具備而名詞不具備的。

---

[1]　也有些語法書，將名詞、數詞、名量詞（量詞的次類）以及代名詞（代詞的次類）合稱為體詞，這幾類詞都具有指稱性，經常充當主語或賓語，與謂詞的性質相互對立。因為名詞是體詞的最核心成員，且語法表現上最具典型性，故本書不採用「體詞」這個術語，以減少本書所出現的術語數量。

1・重疊。如「研究→研究研究」「高興→高高興興」。

2・受「不」的修飾。如「不睡覺」「不開心」。

3・用「Ｘ不Ｘ」格式提問。如「知（道）不知道？」「漂（亮）不漂亮？」

（三）動詞　形容詞

動詞和形容詞的共性是經常充當謂語成分，故合稱「謂詞」。但二者在語法表現上存在一些差別：

1・能否帶賓語。大多數動詞能夠帶賓語（不及物動詞除外），形容詞則不能帶賓語。注意：有些貌似形容詞後接賓語的情形，如「端正思想」「繁榮市場」「方便顧客」「安定人心」「直起身子」等。在這裡「端正」等詞自身包含使動意味，是使令動詞，不是形容詞。

2・能否受程度副詞「很」的修飾。動詞大多數不能受「很」修飾（心理動詞和一些能願動詞除外）；形容詞多數能受「很」修飾（狀態形容詞除外）。

3・重疊形式不同：動詞和形容詞都可以重疊。動詞的重疊式為AA式或ABAB式，例如「走→走走」「商量→商量商量」；形容詞的重疊式為為AA式或AABB式，例如「美→美美（的）」「馬虎→馬馬虎虎」。

（四）形容詞　區別詞

形容詞和區別詞都能夠作定語來修飾名詞或名詞性短語，並能夠帶「的」構成「的」字短語。如「老醫生」「老的」中的「老」是形容詞，「男醫生」「男的」中的「男」是區別詞。但形容詞還能夠充當狀語、補語、謂語等句法成分，而且還能受「不」和

「很」的修飾，這些都是區別詞所不具備的語法功能。

實際上，有些語法書也把區別詞歸為形容詞的一個次類，稱之為「非謂形容詞」，義即「不能作謂語的形容詞」。

（五）形容詞　副詞

形容詞和副詞都能作狀語或補語來修飾謂詞性成分。例如「快跑」「跑得快」中的「快」是形容詞，「很慢」「慢得很」中的「很」是副詞。但相較於形容詞，副詞的功能單一，以下兩個語法特點是副詞所不具備的：

1．形容詞一般都可以受程度副詞修飾，而副詞不能。例如「偶然」與「偶爾」，這對同義詞在意義上幾乎沒有差別，但我們可以說「很偶然」，不能說「*很偶爾」，故可知「偶然」是形容詞，「偶爾」是副詞。類似的例子又如「特別」與「格外」、「突然」與「忽然」。

2．形容詞可以作定語來修飾名詞，而副詞不能。例如「靜靜」與「悄悄」，也是一對同義詞，但前者可以作定語，如「靜靜的頓河」，後者不能，故可知前者是形容詞，後者是副詞。

（六）時間名詞　時間副詞

二者分別是名詞和副詞的次類，在意義上都表達時間概念，在句法上都經常充當狀語成分，有時不易區分。二者的主要功能差別在於：

1．時間名詞可以修飾名詞作定語，而時間副詞不能。例如「現在」與「正在」，詞義相近，但我們可以說「現在的情況」，不能說「*正在的情況」，故可知前者為時間名詞，後者為時間副詞。

2．時間名詞可以前加介詞「在」「到」或「從」，構成介詞短語，時間副詞則不能。根據這個差別，可知「未來、早上、平時、剛才、過去、以前」等是時間名詞，「從來、經常、立刻、剛剛、曾經」等是時間副詞。

（七）介詞　動詞

現代漢語中的介詞大多數是從古代漢語中的及物動詞虛化而來。有些已經完全虛化，如「從、關於、以、自」等；有些仍兼具介詞和動詞兩種功能，如「在、為、比、拿、到、給、朝、經過、通過」等。

相較於動詞，介詞的語法功能比較單一，只能與它引介的成分一起構成介詞短語來充當定語、狀語或補語。以下幾個語法特點是動詞具備而介詞不具備的：

1．單獨充當謂語或謂語中心。因此，在判斷「在、朝、給、通過」等詞的詞性時，可以觀察句中是否有其他詞來充當謂語或謂語中心。若無，則是動詞；若有，則是介詞。例如以下各句中，左側加點詞為動詞，右側加點詞為介詞：

他在教室裡。	他在教室裡讀書。
大門朝南。	大門朝南開。
我給你一個禮物。	我給你買一個禮物。
我們的計劃已經通過了。	通過學習，我們提高了認識。

2．用「X不X」格式提問。例如「我們的計劃通（過）沒通過？」中的「通過」是動詞。

3．大部分動詞能後接動態助詞「著、了、過」。例如「他拿了一瓶酒」中的「拿」是動詞；「拿你沒辦法」中的「拿」是介詞。

4．大部分動詞能夠重疊。例如「我幫你把把關」中的「把」是動詞；「把根留住」中的「把」是介詞。

（八）介詞　連詞

「和、跟、與、同、因為、由於、為了」等詞，兼具介詞和連詞兩種身份。我們在判別詞性時，可以從以下幾點出發：

1．連詞所連接的兩個詞語是聯合關係，一般可以互換位置，而句義基本保持不變。介詞前後的兩個名詞成分沒有直接的語法關係，互換位置則句義改變。以「和」為例：

　　志明和春嬌都是台北人。→春嬌和志明都是台北人。（連詞）
　　我和你商量一件事吧。↛你和我商量一件事吧。　（介詞）

2．「和、跟、與、同」前邊能插入修飾語的，是介詞的用法；不能插入的，是連詞的用法。例如：

　　志明和春嬌都是台北人。↛*志明已經和春嬌都是台北人。
　　　　　　　　　　　　　　　　　　　　　　　　　　（連詞）
　　我和他商量過了。→我已經和他商量過了。　　（介詞）

3．「和、跟、與、同」作為連詞有時可以略去或改為頓號，作為介詞則不可以。

　　志明和春嬌都是台北人。→志明、春嬌都是台北人。（連詞）
　　我和你商量一件事吧。↛我、你商量一件事吧。（介詞）

4．「因為、由於、為了」後面接名詞或名詞性短語的，算介詞；後面接謂詞、謂詞性短語或小句的，算連詞。以「由於」為例：

由於他身體不太好，老師不讓他參加校運會。　　（連詞）

由於健康原因，老師不讓他參加校運會。　　（介詞）

二、兼類詞與同音詞

兼類詞，指在不同場合（不是同時）經常具備兩類或幾類詞的語法功能、且意義上存在密切聯繫的詞。例如「麻煩」一詞：它能受數量短語修飾（如「一個麻煩」），具有名詞的語法特徵；它能帶賓語（如「麻煩您」），具有動詞的語法特徵；它又能受程度副詞「很」的修飾（如「很麻煩」），具有形容詞的語法特徵。因此，「麻煩」是一個兼類詞，兼具名詞、動詞、形容詞三種詞性。

以下略舉現代漢語中比較常見的兼類詞：

1・名/動　武裝、編輯、報告、代表、調查、領導、指示、計畫、翻譯、訪問、損失、工作、聯繫、決定、上、下

2・名/形　錯誤、理想、精神、經濟、矛盾、困難、團結、進步、理想、道德、外行、標準、科學、典型

3・動/形　純潔、便宜、明確、充實、緩和、繁榮、突出、坦白、辛苦、鞏固、端正、豐富、明白、辛苦、方便、密切、充實、活躍、紅、熱、緊、直

4・名/動/形　麻煩、方便、便宜

5・動/副　沒有、沒、是

6・形/副　根本、實在

7・動/介　到、在、比、管、給、經過、通過、拿

8・連/介　和、跟、同、與、因為、由於、為了

9・助/語氣　了、的

10・感歎/語氣　啊、哈、喲

兼類詞必須要滿足的一個條件就是意義上存在密切的關聯。如果在意義上缺乏關聯，則不是兼類詞，而是同音（同形）詞。例如「白、淨、怪、老、好、光、老、直、怪、硬、幹、窮」等詞，在修飾名詞時是形容詞，在修飾謂詞時是副詞。但作形容詞時的意義與作副詞時的意義缺乏顯著關聯，應視為同音詞。試比較：

　　好友　　　　　（表「使人滿意的」，形容詞）
　　好累　　　　　（表「很」，程度副詞）
　　淨水　　　　　（表「清潔」，形容詞）
　　身上淨是泥　　（表「全」，範圍副詞）
　　老照片　　　　（表「時間長」，形容詞）
　　老遲到　　　　（表「總是」，時間副詞）

三、詞類活用與借用

　　一般來說，「詞有定類，類有定詞」，每個詞從屬於哪個或哪些詞類是比較固定的。然而，有時出於特殊的修辭需要，會讓某些詞臨時改變其語法功能去充當其他詞類，我們稱這種現象為「詞類活用」。例如：

　　悲傷著你的悲傷，幸福著你的幸福。（蘇芮《牽手》）

　　在這首歌的歌詞裡，加點的「幸福」和「悲傷」都臨時用作動詞，並後接賓語。

　　詞類借用，與詞類活用性質相同，只是與修辭需要無關，通常用來專指某些名詞或動詞被臨時「借用」為量詞的現象。例如「一桌子菜」「一肚子氣」裡的「桌子」「肚子」都是名詞臨時借用為量詞；「一捧雪」「一抹紅」中的「捧」「抹」都是動詞臨時借用為量詞。

綜上，詞的兼類、同音、詞類的活用與借用都是在詞類研究和使用中經常遇到的現象，它們之間有共同點，也有不同之處。試用下表進行簡要概括：

	詞形	語音	語法功能	詞數	意義聯繫	穩固性
兼類詞	同	同	異	1	有	有
同音詞	同	同	異	≥ 2	無	有
活用/借用	同	同	異	1	有	無

第三章　短語

第一節　短語概述

一、短語的含義

短語，又稱詞組，是介於詞和句子之間的語法單位，由詞與詞依照一定的結構方式組合而成。詞與詞的組合，既可以是實詞與實詞的組合，如「努力學習」「原始社會」，也可以是實詞與虛詞的組合，如「被推翻」「新的」。

所謂「依照一定的結構方式組合而成」，是指構成短語的詞語之間在語法、語義及語用上必須能夠相互搭配，否則短語就是不合規範的。例如「*發揮優點」「*淵博的經驗」「*基本根除」「*非常碧綠」「*敬愛的兒子」等短語，內部都存在詞際搭配失誤的問題。

與印歐語系諸語言相比，漢語缺乏表示語法意義的詞形變化，

故語序和虛詞在構成短語時顯得尤為重要。

二、短語的分類

分析短語，可以從多個角度入手，從而劃分出不同的類別。例如：

1.從內部結構角度出發，可將短語分為主謂短語、聯合短語、動賓短語、中補短語、偏正短語等14類。

2.從外部功能角度出發，可將短語分為名詞性短語、謂詞性短語、修飾性短語等類型。

3.從構成要素的凝固性角度出發，可分為固定短語和臨時短語兩大類。

4.從成句能力的角度出發，可分為自由短語和黏著短語兩大類。

5.從短語層次的角度出發，可將短語分為簡單短語和複雜短語兩大類。

6.從意義角度出發，可將短語分為單義短語和多義短語兩大類。

其中，從內部結構角度出發對短語進行的分類，對語法分析具有最基礎性的意義，劃分出來的類別也最為細緻。此外，從外部功能角度出發對短語進行的分類，也是一種重要的分類方式。本章以下幾個小節，分別對短語的每種分類的情況進行說明。

第二節　短語的結構類型

一、短語結構類型的劃分

考察短語內部詞際結構關係，可將短語劃分為如下14類：

（一）主謂短語

主謂短語由主語和謂語兩部分組成，主語在前，謂語在後。前後有陳述與被陳述的關係，中間不用虛詞。其中，主語一般是名詞，謂語則可能是名詞、動詞或形容詞。

今天星期三（名+名）　　土地肥沃　（名+形）
思想解放　（名+動）

（二）動賓短語

動賓短語，由動語和賓語兩個成分組成，動語在前，賓語在後。前後有支配與被支配的關係，中間不用虛詞。其中，賓語可以由名詞、動詞、形容詞、代詞、短語充當。

吃飯　　　　（動+名）　　喜歡安靜　（動+形）
愛你　　　　（動+代）　　進行教育　（動+動）
買三雙　　　（動+數量短語）

（三）偏正短語

偏正短語由修飾語和中心語兩部分組成，修飾語在前，描寫和限制後面的中心語，其間存在修飾與被修飾關係。其中，可以充當修飾語的成分多樣。根據中心語的性質，偏正短語可細分為兩類：

1.定中短語：由定語和名詞性中心語組成，其間有修飾關係，有時用「的」表示。

　　木頭房子　（名＋名）　　　新書　（形＋名）
　　前進的腳步（動＋名）　　　一條狗（數量短語＋名）

2.狀中短語：由狀語和謂詞性中心語組成，其間有修飾關係，有時用「地」表示。

　　都去　　　（副＋動）　　　很美　（副＋形）
　　這樣做　　（代＋動）　　　那麼大（代＋形）
　　飛快地逃跑（形＋動）　　　一米長（數量短語＋形）
　　明天見　　（名＋動）

　　注意：定中短語和狀中短語的主要區別在於中心語的性質不同，與修飾語的性質基本無關。名詞或名詞性短語前面的修飾語通常是定語；謂詞或謂詞性短語前面的修飾語通常是狀語。例如「突然事件」與「突然死亡」，雖然都由形容詞「突然」充當修飾語，但前者是定中短語、後者是狀中短語，因為「事件」是名詞、「死亡」是動詞。

（四）中補短語

　　中補短語由中心語和補語兩部分組成，補語附在中心語的後面，其間是被補充說明與補充說明關係，有時用「得」表示。根據中心語的性質，中補短語可再分為兩類：

1.動補短語：中心語由動詞性成分充當，可以充當補語的成分多樣。

　　打掃乾淨　（動＋形）　　　　打死　　　（動＋動）
　　讀了三遍　（動＋數量短語）生活在台灣（動＋介詞短語）

2.形補短語：中心語由形容詞性成分充當，補語通常由副詞充當。

好極了（形＋副）　　美得很（形＋副）

（五）聯合短語

聯合短語由語法地位平等的兩個或幾個成分組成，其間是聯合關係，可以細分為並列、遞進、選擇等次類，有時通過「和」「並（且）」「或」等連詞進行繫聯。一般是同一類詞或短語相連，整體功能和部分功能一致。

昨天和今天（名＋名，並列）討論並通過　（動＋動，遞進）
熱情而主動（形＋形，遞進）生存還是毀滅（動＋動，選擇）
三個或者五個（數量短語＋數量短語，選擇）

其中只有表示並列關係的聯合短語，其構成成分才可以不用連詞來連接。

現在、過去、將來　　（名＋名＋名，並列）
琴棋書畫詩酒花　　　（名＋名＋……＋名，並列）

也有由詞和短語構成的聯合短語。

誠實、善良、熱愛生活（形＋形＋動賓短語，並列）
見或不見　　　　　　（動＋偏正短語，選擇）

（六）連謂短語

連謂短語由不止一個謂詞性成分（通常是動詞性成分）連用構成。謂詞性成分之間沒有語音停頓，也不使用任何關聯詞語。

出去說話　　　　　　（動＋動）
站起來走過去開門　　（動補短語＋動補短語＋動賓短語）

看了惡心　　　　　　　　（動＋形）

（七）兼語短語

兼語短語由動賓短語和主謂短語套疊而成，即前一個動語的賓語兼作後一個謂語的主語，形成一個同時具有賓語和主語雙重身份的「兼語」。

> 請她跳舞（動賓短語「請她」＋主謂短語「她跳舞」，「她」是兼語）
>
> 祝你平安（動賓短語「祝你」＋主謂短語「你平安」，「你」是兼語）

（八）同位短語

同位短語，又稱複指短語，多由兩個部分組成，前後各部分的詞語形式不同但所指相同，即從不同的角度複指同一個人或事物，二者語法地位一樣，共作一個句法成分。

> 冰城哈爾濱　　（名＋名）　　　班長小王（名＋名）
>
> 他們幾個　　　（代＋數量短語）　我自己　（代＋代）
>
> 初戀那件小事　（名＋定中短語）

（九）方位短語

方位短語由方位詞直接附在名詞性或動詞性詞語後面組成，表示處所、時間等意義。

> 皇后大道東　　（專有名詞＋方，表處所）
>
> 操場上　　　　（名＋方，表處所）
>
> 國境以南　　　（名＋方，表處所）
>
> 晚餐後　　　　（時間名詞＋方，表時間）
>
> 父親去世之後　（主謂短語＋方，表時間）

此外，當短語內部的方位詞是「上、中、下」時，還可以表示範圍、條件或過程等意義。

<blockquote>
報紙上/世界上/田野上 （表範圍義）

手術中/平凡中/會談中 （表過程義）

（在）逼迫下/領導下/幫助下 （表條件義）
</blockquote>

方位短語也常常跟介詞一起組成介詞短語，如「在車上」「在生活中」等。

（十）量詞短語

量詞短語由數詞或代詞加上量詞組成。根據量詞前成分的不同，又可分為三類：

1‧數量短語：由數詞加量詞構成　　十個、三次

2‧指量短語：由指示代詞加量詞構成　這本、那位

3‧疑量短語：由疑問代詞加量詞構成　幾回、哪次

以上三種量詞短語可以相互套疊而形成更為複雜的結構，如「這三本」「那幾位」等。

（十一）介詞短語

介詞短語由介詞附在名詞性詞語前面組成。介詞短語通常作為狀語修飾謂詞，用來表示動作的工具、方式、因果、施事、受事、對象等多種語義。

<blockquote>
〔在去年〕出生（表時間）　　〔在餐廳〕吃飯（表處所）

〔對愛情〕失望（表對象）　　〔按法規〕辦事（表方式）

〔把根〕　留住（表受事）　　〔被爸爸〕責罰（表施事）

〔用菜刀〕切開（表工具）　　〔比你〕　聰明（表比較）

〔為人民〕服務（表目的）
</blockquote>

少數介詞短語可以用在謂詞後面，作補語成分。

邁〈向成功〉（表方向）　　愛〈在西元前〉（表時間）

一些介詞短語還能作定語修飾名詞性成分，此時一定要後加助詞「的」。

（對母親）的愧疚　　　　（關於八仙過海）的傳說

（十二）比況短語

比況短語由比況助詞「似的、（一）樣、（一）般」附在名詞性、謂詞性詞語後面組成，通常表示比喻，有時也表示推測，可充當定語、狀語、補語等句法成分。

（風一般）的男子　　　　（作定語）
〔老朋友似的〕擁抱著　　（作狀語）
事後諸葛亮，事前〈豬一樣〉（作補語）

（十三）「的」字短語

「的」字短語由結構助詞「的」附著在實詞或短語後面組成，用於指稱人或事物，通常作主語、賓語，整體作用相當於一個名詞。

大的　（形＋「的」）　　　吃的　（動＋「的」）
開車的（動賓短語＋「的」）　羊絨的（名＋「的」）
我們的（代＋「的」）

（十四）「所」字短語

「所」字短語由助詞「所」字加在及物動詞前面組成，指稱動作所支配或關涉的對象，屬於名詞性短語。例如「所喜歡」「所反對」。「所」是個文言詞，「所」字短語多見於書面語。在句中

一般仍要借助「的」字修飾名詞組成偏正短語，如「所瞭解的情況」。

二、短語結構類辨析

上述各類短語，有些類型在形式和結構上看起來與其他類型近似，在分析時容易產生混淆，以下對其中易混的幾個短語類型之間的異同進行說明。

（一）動賓短語　動補短語

動補短語是中補短語的一類，與動賓短語形式類似。二者的主要差別在於動語後面的成分是補語還是賓語。我們在區分時，可以從以下三個方面考慮：

1．大多數情況下，補語是謂詞性成分，賓語是名詞性成分。

打死　　　（動＋動，動補短語）
打人　　　（動＋名，動賓短語）
學習刻苦　（動＋形，動補短語）
學習知識　（動＋名，動賓短語）

2．補語能回答「怎麼樣」的問題，賓語能回答「什麼」的問題。

喜歡極了　（動＋副，動補短語，喜歡得怎麼樣？）
喜歡睡覺　（動＋動，動賓短語，喜歡什麼？）

3．表時間的名詞短語，既可能是補語，也可能是賓語。作賓語時，整個短語通常能夠變換成「把」字結構。

等了兩個小時→把兩個小時等了　　（動補短語）
浪費了兩個小時→把兩個小時浪費了　（動賓短語）

（二）「的」字短語　定中短語

定中短語是偏正短語的一類。「的」字短語後面通常能加上相應的名詞變為定中短語，不過這樣意義就會有一定的變化，由泛指變得具體。例如「吃的」既可能表示「吃」的施事，即吃東西的人，也有可能表示「吃」的受事，即被吃的東西；如果變成了定中短語「吃的食物」，則只能表示後一個意思。

有些「的」字短語，例如「要飯的」「當家的」，我們直接用來指稱某類人，後面通常不添加相應的名詞。

注意：完整的帶「的」定中短語，例如「光陰的故事」，其中「光陰的」不是「的」字短語，因為這裡並沒有用於整體指稱事物。

（三）連謂短語　聯合短語

兩個或多個動詞性成分連用時，構成的可能是連謂短語，也有可能是聯合短語。我們在區分時，可以從以下兩個方面考慮：

1・如果謂詞性成分之間存在連詞，則一定是聯合短語。

研究並決定（聯合短語）　　　研究決定（連謂短語）

2・連謂短語內部的幾個謂詞性成分順序不可以改換，否則結構不合法或整體意義發生變化；聯合短語內部的成分之間順序則可以改換而不影響整體意義。

上床睡覺 ↛ *睡覺上床　　　（連謂短語）

研究決定 ↛ 決定研究　　　（連謂短語）

研究討論 → 討論研究　　　（聯合短語）

閃躲騰挪 → 騰挪閃躲　　　（聯合短語）

（四）方位短語　定中短語

方位短語與定中短語在結構上非常近似，很容易被誤判為定中短語。我們可以用能否插入「的」來鑑別。

宿舍裡　⇸*宿舍的裡	（方位短語）
宿舍裡面→　宿舍的裡面	（定中短語）
國境以南⇸*國境的以南	（方位短語）
國境南邊→　國境的南邊	（定中短語）

（五）同位短語　聯合短語　定中短語

兩個名詞性成分連用時，構成的可能是同位短語，也有可能是聯合短語或定中短語。我們在區分時，可以從以下兩個方面考慮：

1・同位短語的前後項是同物異名，用不同詞語表示同一人或事物，故兩個成分之間可以插入「這……」一類的結構而不改變原意。

棒球運動→棒球這項運動	（同位短語）
棒球王子⇸*棒球這位王子	（定中短語）

2・同位短語內部不能插入虛詞，聯合短語、定中短語則可以。

孫中山總理⇸*孫中山和總理/*孫中山的總理	（同位短語）
國家總理→國家的總理	（定中短語）
老爸老媽→老爸和老媽	（聯合短語）

三、基本短語

我們通常將上述短語結構類型中的前五類，即主謂短語、動賓短語、偏正短語、中補短語、聯合短語統稱為「基本短語」。因為

五者分別蘊含了陳述、支配、修飾、補充、聯合這些最基本的語法結構關係。漢語中，複合式合成詞（即由詞根語素組合而成的詞）的內部構造方式與基本短語的內部構造方式幾乎是完全相同的。試通過下表進行比對（以斜體表示差異之處）：

語法關係	複合式合成詞		舉例	基本短語		舉例
	類型		舉例	類型		舉例
陳述	主謂型		耳鳴、地震	主謂短語		陽光明媚
支配	動賓型		司機、知己	動賓短語		複習功課
修飾	偏正型	定中型	黑板、紅茶	偏正短語	定中短語	漂亮姑娘
		狀中型	翠綠、筆直		狀中短語	努力學習
補充	補充型	動補型	糾正、推翻	中補短語	動補短語	解釋清楚
		注釋型[1]	馬匹、槍支		*形補短語*[2]	美麗極了
聯合	聯合型		朋友、領袖	聯合短語		哥哥姐姐

---

[1]　注釋型複合式合成詞，前一詞根表事物，後一詞根表事物的單位，又如「車輛」「人口」「紙張」等，這種構造方式是不適用於短語的。

[2]　形補短語，通常由形容詞後接作為補充説明成分的副詞構成，這種構造方式是無法成詞的。

第三節　短語的功能類型

對短語的觀察，既可從其內部著手，也可從其外部進行。例如「美麗的傳說」，從內部結構看，「美麗」修飾「傳說」，因此是偏正短語；從外部語法功能看，整體作用相當於一個名詞，可以充當主語或賓語，因此是名詞性短語。

短語的外部功能，由它跟其他詞語組合時能夠充當什麼句法成分，相當於哪類詞決定。我們根據短語的功能，大致可將其分為如下三類：

一、名詞性短語

名詞性短語，即經常作主語、賓語，功能相當於名詞的短語。具體包括：

1.聯合短語（由名詞性成分構成的）　　　志明和春嬌
2.偏正短語（定中短語）　　　　　　　我的父親
3.同位短語　　　　　　　　　　　　山城重慶
4.方位短語　　　　　　　　　　　　桌子上
5.「的」字短語　　　　　　　　　　賣菜的

二、謂詞性短語

謂詞性短語，即能作謂語、功能相當於謂詞的短語，通常以動詞或形容詞為中心成分。具體包括：

1.聯合短語（由謂詞性成分構成的）　　研究討論、主動熱情
2.偏正短語（狀中短語）　　　　　　　很高興
3.動賓短語　　　　　　　　　　　　吃午餐

4.中補短語　　　　　　　　　　打死、好得很

5.主謂短語　　　　　　　　　　肚子疼

6.連謂短語　　　　　　　　　　上山採藥

7.兼語短語　　　　　　　　　　派他去

以上七類謂詞性短語，根據中心成分的性質，又可細分為動詞性短語和形容詞性短語兩類。例如「研究討論」是動詞性短語、「主動熱情」是形容詞性短語。

三、修飾性短語

此外，少量結構類短語極少充當主語、賓語或謂語成分，通常充當定語、狀語、補語等修飾性成分，我們可統稱為「修飾性短語」。主要包括：

1.介詞短語　　　　　　　　　　根據法律

2.量詞短語　　　　　　　　　　一條、三遍

3.比況短語　　　　　　　　　　火一般

4.「所」字短語　　　　　　　　所了解

第四節　黏著短語

　　從短語是否具有獨立成句能力來看，可將短語分為自由短語和黏著短語兩類。多數短語，只要加上語調（書面上表現為句號、問號、感歎號等標點符號）就能夠獨立成句，也可以用來回答別人的提問。我們把這類短語稱為「自由短語」。例如給短語「禁止吸煙」加上祈使語調就變成了「禁止吸煙！」。又如甲問「你去幹什麼？」乙回答「吃飯。」，乙的答句就是給短語「吃飯」加上陳述語調來完成的。

　　還有少數短語不具備或缺乏獨立成句的能力，它們通常要黏附於其他成分來共同成句，我們稱這些短語為「黏著短語」。上一節「短語的功能類型」中提到的「修飾性短語」，通常具有黏著性。例如介詞短語「把他」，本身語義不完整、語法上也不能自足，既不能成句也不能用來回答問題，只能黏附於其他成分一起成句，如「把他打了一頓。」。再如：

　　　所需要　⇸*所需要。　　→我所需要的是你的幫助。
　　　雷鳴般　⇸*雷鳴般。　　→台下響起雷鳴般的掌聲。

第五節　固定短語

按短語內部構成要素是否具有凝固性，可將短語分為固定短語和臨時短語兩大類。通常情況下，我們是根據情境表達需要，臨時將若干個詞組合為短語進行使用的。如「我」、「你」、「他」與「爸爸」、「媽媽」、「姐姐」等兩組詞語，可根據所需要指稱的對象，靈活地構成「我爸爸」「我媽媽」「你姐姐」「他爸爸」……等等，我們稱這些短語為「臨時短語」。

固定短語則是詞與詞的固定組合，是人們在長期的語言實踐中約定俗成的，一般不能任意增刪、改換其中詞語。例如「亡羊補牢」「對牛彈琴」「背黑鍋」，我們不能隨意改為「*亡牛補牢」「*對羊彈琴」「*背白鍋」。這些固定短語，我們在頭腦中當作一個整體進行記憶，它們在句法中的作用也相當於一個詞。

需要說明的是，語法學上所說的「短語」，通常指稱的是臨時短語，而固定短語則一般作為詞彙學的研究對象。

一、固定短語的類別

固定短語主要包括專有名稱和熟語兩大類。

（一）專有名稱

專有名稱，可簡稱為「專名」，該類短語與它所指稱的事物具有一對一的關係，具有排他性和穩固性，不能用於指稱其他事物，也不能輕易改換其中成分。

專名以企事業單位（機構、組織、工廠、商店、學校等）名稱為主體，例如「中央研究院」「西門町」「聯合國」等。此外，也包括會議、活動、著作、影片名稱，例如《那些年，我們一起追的

女孩》《三國演義》等。

（二）熟語

熟語是人們相沿習用的固定短語，含義豐富且形式精煉，大多源遠流長，運用廣泛。熟語又包括成語、慣用語、歇後語、俗語、諺語五類。

1・成語

成語是一种歷史沿用、具有書面語色彩的固定短語，意義上具有整體性，結構上具有凝固性，通常為四字格。

成語多數源自對歷史故事、寓言故事、神話傳說、詩詞語句的概括濃縮或改寫，其實際含義往往隱藏在字面之下，並非其構成成分意義的簡單相加。例如「黔驢技窮」，出自唐代柳宗元的寓言故事《黔之驢》，表面意思是「貴州的驢技術窮盡」，實際用意則是「比喻有限的一點本領也用盡了」。此外，由於成語的結構形式相對固化，其構成成分仍可能保留古義或語境義，我們在理解其含義時不可以今推古、望文生義。例如「不刊之論」，指不能改動或不可磨滅的言論；其中「刊」指「削除」（古人把字寫在竹簡上，有錯誤就用刀削去），不可理解為現在常用義「刊登」，否則整個成語的意思就容易錯解為「*不能刊登的言論」，由此必然導致使用不當。又如「明日黃花」，出自北宋蘇軾的詩《九日次韻王鞏》，詩中「明日」指重陽節的次日。該成語的字面意思是「重陽節後逐漸枯萎的菊花」，現在通常用來比喻過時的事物。若不了解成語出典，就極易受到其整體意義的誘導而誤作「*昨日黃花」，那樣就貽笑大方了。

2・慣用語

慣用語是一種口語習用、短小定型的固定短語，以三字格的動

賓短語、偏正短語為主。例如「挖墙腳」「穿小鞋」「炒魷魚」「墙頭草」「敲門磚」等。

與成語相比，慣用語的口語色彩比較濃厚，而且定型性略差。動賓結構的慣用語，一般中間可以插入其他詞語或顛倒成分次序，而在表義上不受影響。例如「拍馬屁」的含義是「向人諂媚奉承」，根據表達需要，我們可以說成「拍某領導的馬屁」或「他的馬屁拍不得」；再如「挖墙腳」比喻暗地裡阻撓或破壞別人的計畫、行動，而「只要鋤頭揮得好，沒有墙腳挖不倒」的後半句就出自對「挖墙腳」的擴展改寫。

3．歇後語

歇後語是一種由前後兩個相關部分構成的帶有隱語性質的口頭固定短語，前一半類似於謎面，後一半類似於謎底。說話人通常先說出前一半「謎面」，故意略有停頓，引發聽話人猜測，而後才說出後一半比較俏皮有趣的「謎底」，故歇後語又稱「俏皮話」。

根據「謎底」所採取的修飾手法，可將其分為兩類：

（1）喻意型：前一半是一個比喻，後一半是對前一半的解釋。

　　廁所裡的石頭——又臭又硬　　　烏龜配王八——門當戶對
　　啞巴吃黃連——有苦難言　　　　鑰匙插在胸口上——開心

（2）諧音型：後一半利用語音近同的關係，達到一語雙關的效果。

　　司馬遷熬夜——尋史（死）
　　空棺材出葬——目（木）中無人
　　小蔥蘸豆腐——一清（青）二白
　　驢屁股釘掌——離題（蹄）太遠

4．諺語

諺語是一種廣泛流傳、通俗易懂而含義深刻的語句，是人民長期生產、生活經驗的科學總結，內容上包羅萬象。例如：

關於農業　莊稼一枝花，全靠糞當家　春雨貴如油

關於養生　春捂秋凍，一年沒病　冬吃蘿蔔夏吃薑，生病不用開藥方

關於事理　強扭的瓜不甜　心急吃不了熱豆腐

關於風土　上有天堂，下有蘇杭　東北有三寶：人參貂皮鹿茸角

關於氣象　朝霞不出門，晚霞行千里　一陣秋雨一陣涼

5．俗語

俗語是一種流傳於群眾之中、通俗而精煉的語句，一般不像諺語那樣內容深刻，有些俗語所表達的觀念甚至比較消極、負面。例如：

情人眼裡出西施　　落草的鳳凰不如雞

偷雞不成蝕把米　　不到黃河心不死

死豬不怕開水燙　　爛泥扶不上牆

病急亂投醫　　　　吃軟不吃硬

二、固定短語的結構類型

固定短語的內部構造與一般的臨時短語並無差別，也可分為主謂、動賓、偏正、連謂等結構類型。我們主要以成語和慣用語來舉例說明：

主謂結構　毛遂自薦、馬不停蹄、百家爭鳴、洛陽紙貴、
　　　　　天曉得

動賓結構	草菅人命、顧全大局、炒魷魚、走後門、背黑鍋、穿小鞋
偏正結構	一衣帶水、世外桃源、墻頭草、耳旁風、敲門磚、鐵飯碗
中補結構	重於泰山、疲於奔命、問道於盲、含笑九泉、逍遙法外
聯合結構	陽春白雪、山高水長、赴湯蹈火、送往迎來、死去活來
連謂結構	畫蛇添足、見利忘義、手到擒來、見風使舵、過河拆橋
兼語結構	引狼入室、縱虎歸山、望子成龍、請君入甕、趕鴨子上架

第六節　複雜短語

一、複雜短語的結構層次性

　　從短語層次的角度出發，可將短語分為簡單短語和複雜短語兩大類。簡單短語，也可稱為單層短語，即內部只包含一個結構層次的短語。複雜短語，也可稱為多層短語，即內部包含多個結構層次的短語。

　　如前所述，層次性是句法結構的基本屬性之一。只要一個語法結構，所包含的成分數量大於二，就存在結構層次性的問題。假設一個短語由A、B兩個詞構成，那麼內部結構關係基本上一目了然。如果一個短語由A、B、C三個詞構成，那麼在分析短語結構時，就需要考量成分之間的先後結合次序、關係疏密程度的問題，例如到底是A與B先結合、然後再整體與C結合（「（A+B）+C」），或是B與C先結合、然後再整體與A結合（「A+（B+C）」），或是A、B、C一次性同步結合（「A+B+C」）等等。以此類推，一個短語的構成成分越多，那麼成分之間的疏密關係就越複雜。

　　例如「喜歡吃蘋果、香蕉、鳳梨」這個短語，由「喜歡、吃、蘋果、香蕉、鳳梨」五個詞組成。通過對這些詞之間意義關係的分析，可以知道：「喜歡」的對象是「吃蘋果、香蕉、鳳梨」，「吃」的對象是「蘋果、香蕉、鳳梨」，「蘋果」「香蕉」「鳳梨」三者是平行並列關係。如果用圖示，這個短語的內部結構關係應該是這樣的：

二、層次分析法

　　為了準確理解和把握複雜短語的含義及其內部結構層次關係，我們通常採用「層次分析法」來分析短語。層次分析法，又稱「直接成分分析法」「框式圖解法」「二分法」等，最早由美國結構主義語言學家L.Bloomfield在其著作Language（1933）中首次提出並創立。這種分析方法，不僅適用於漢語短語的結構分析，同樣適用於漢語詞及句子的結構分析，這是由漢語的詞、短語、句子的結構原則基本一致決定的。可以說，層次分析法是漢語語法研究的基礎方法之一。

（一）層次分析法的基本精神

　　1・承認語言結構有層次性，並在分析語言結構時按照其內部的構造層次來進行。

　　2・每一次分析，都要明確指出每一個構造層面的「直接組成成分（Immediate Constituents）」。

　　3・在分析中只需要管直接組成成分之間的語法結構關係，不管間接成分之間的語義關係。

（二）層次分析法的基本步驟

　　運用層次分析法來分析複雜短語，一般是從大到小進行切分：首先準確理解短語的整體意義，在此基礎上明確組成短語的兩個直接成分及二者之間的結構關係；然後再分別分析兩個直接成分的內部結構，這樣逐層切分，一直到詞為止。我們可以把這個步驟簡單

地概括為「從大到小，基本二分」（只有聯合、連謂結構可能無法維持「二分」，如上文列舉的「蘋果、香蕉、鳳梨」）。這個過程實際上與「剝洋蔥」有些類似，都是從外到內，層層剝開，越剝餘下部分越小。

我們以短語「年輕教師都搬進了新公寓」為例，對層次分析的大致步驟進行分解說明：

1．從整體看，這個短語第一層次的兩個直接成分應該是「年輕教師」與「都搬進了新公寓」，二者是陳述與被陳述關係，短語的結構類型應該是主謂短語。分別在兩個成分底部加框線，然後分別在框線內標示「主」、「謂」。圖示如下：

```
年  輕  教  師  都  搬  進  了  新  公  寓
|_____主_____|  |_____謂_____| （第一層）
```

2．通過第一次切分而得到的兩個成分「年輕教師」與「都搬進了新公寓」，各自仍是短語，需要分別切分出它們的直接成分，標示它們各自的結構關係。經分析，前一個短語「年輕教師」的兩個直接成分是「年輕」與「教師」，二者存在修飾與被修飾關係，短語的結構類型應該是定中短語；後一個短語「都搬進了新公寓」的兩個直接成分是「都」與「搬進了新公寓」，二者存在修飾與被修飾關係，短語的結構類型應該是狀中短語。圖示如下：

```
年  輕  教  師  都  搬  進  了  新  公  寓
|_____主_____|  |_____謂_____| （第一層）
|__定__|__中__|__狀__|_____中_____| （第二層）
```

3．經過第二次切分，共得到四個成分「年輕」「教師」

「都」「搬進了公寓」，其中前三者都是詞，不必繼續分析；「搬進了公寓」仍是短語，需作進一步切分。經分析，「搬進了新公寓」的兩個直接成分是「搬進（了）」和「新公寓」（「了」是虛詞，不能充當句法成分，在處理上可附屬於「搬進」或略過），二者存在支配與被支配關係，短語的結構類型是動賓短語。圖示如下：

```
年  輕  教  師  都  搬  進  了  新  公  寓
└─────主─────┘└────────謂────────┘（第一層）
└定─┘└中─┘└狀┘└────────中────────┘（第二層）
            └──動──┘└────賓────┘（第三層）
```

4．經過第三次切分，剩餘的成分還有「搬進」和「新公寓」，二者仍是短語，需作進一步切分。經分析，「搬進」的兩個直接成分是「搬」和「進」，二者存在被補充與補充關係，短語的結構類型是中補短語；「新公寓」的兩個直接成分是「新」和「公寓」，二者存在修飾與被修飾關係，短語的結構類型是定中短語。圖示如下：

```
年  輕  教  師  都  搬  進  了  新  公  寓
└─────主─────┘└────────謂────────┘（第一層）
└定─┘└中─┘└狀┘└────────中────────┘（第二層）
            └──動──┘└────賓────┘（第三層）
            └中┘└補┘  └定┘└中─┘（第四層）
```

5．經過上面的逐層切分，我們可以看到整個短語已被切分到詞，至此層次分析完成。（不必繼續分析這些詞由哪些語素構成，

那是詞法學要處理的問題。）

　　上述分析過程，遵循了「從大到小」的次序，我們稱之為「切分式圖解法」。也可以把整個過程倒轉過來，先把整個短語切分成單個單個的詞，然後把關係最密切的詞組合成大一級的短語，再逐層組合成更大一級的短語，直至組合成整個短語。這種「從小到大」的分析方法，我們稱之為「組合式圖解法」。仍以上述短語為例，分析過程從略，分析結果圖示如下：

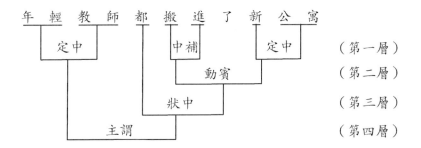

（三）層次分析法的基本原則

　　使用層次分析法，必須遵循以下三點原則，才能保證每一次切分的正確性和合理性：

　　1・結構原則。即切分出來的每一個成分都是獨立、合法的結構體，或是一個詞，或是一個短語。例如下面這個短語存在以下三種可能的切分方案：

方案（1）是可行的，「的」是虛詞，在結構分析時可以略過不計。方案（2）亦可行，因為「美麗的」這種虛詞黏附實詞之後的結構在漢語裡也是合法的。只有方案（3）是錯誤的，因為「的泡沫」這樣的結構在漢語中不是合格的短語。

2．功能原則。即切分出來的成分應該能夠按照漢語的語法規則重新組合起來。例如下面這個短語的第一層次存在以下兩種可能的切分方案：

不　好　的　行　為
└──────┘　　└──────┘　（1）
└──┘└───────────┘　（2）

方案（1）是可行的，「不好（的）」作為形容詞性短語修飾名詞符合漢語語法規則。方案（2）是錯誤的，因為根據漢語的語法規則，否定副詞「不」不能修飾名詞性短語「好的行為」。

3．意義原則。即在符合結構原則與功能原則的前提下，切分出來的結構單位在意義搭配上要符合常理。例如下面這個短語的第一層次存在以下兩種可能的切分方案：

殘　害　人　民　的　劊　子　手
└──────────┘　　└────────┘　（1）
└──────┘└──────────────┘　（2）

方案（1）是可行的，切分得到的成分「殘害人民」內部的兩個詞「殘害」與「人民」在意義上能夠互相搭配。方案（2）是錯誤的，切分得到的成分「人民的劊子手」內部的兩個詞「人民（的）」與「劊子手」在意義互相衝突，互相搭配使用不符合我們的語感。

（四）層次分析法的基本要領

使用層次分析法來分析常規的短語或句子，關鍵在於找準短語或句子中的動詞核心，圍繞核心，先將動詞前的主語、狀語切分出來，再將動詞後的賓語、補語切分出來；如果遇到動詞前的狀語或動詞後的成分不止一個的情況，先切分離核心遠的成分，後切分離核心近的成分，即從外到內，逐層切分。

我們可以將切分要領歸納為一個口訣：「以動為心，先切動前，後切動後，先遠後近」。

以上簡要介紹了層次分析法的基本精神、步驟、原則、要領。由於漢語語句複雜多樣，在採用這種方法實際分析語句的過程中，仍會遇到不少比較難於處理的情況，需要我們多多揣摩。

第七節　多義短語

從意義角度出發，可將短語分為單義短語和多義短語兩大類。只包含一個意義的短語叫單義短語，包含兩個或以上意義的短語叫多義短語，或稱歧義短語。

一、多義短語的類型

從結構層次和語義關係兩個方面出發，我們可以將多義短語大致分為如下三種類型：

（一）結構層次不同的多義短語

1・層次相同但結構關係不同

有些簡單短語，結構上只包含一個層次，但成分之間的結構關係不同，由此造成了短語的多義。例如「生活困難」，由於「困難」兼有名詞和形容詞兩種詞性，「生活」與「困難」可能是被陳述與陳述關係，也可能是修飾與被修飾關係，故整個短語可以分析為主謂短語或定中短語。以下再舉一些常見的例子：

動賓/定中　進口電視、出土文物、表演節目、複印材料
動賓/狀中　沒有鎖
偏正/聯合　學校醫院、文學語言、生物化學、學生家長
定中/主謂　生活困難、語音標準、文字規範、食堂衛生
同位/偏正　我們學生
動賓/動補　想起來

2・層次與結構關係不同

有些複雜短語，包含不止一種層次與結構關係，每種層次與結構關係對應一種整體意義，由此造成了短語的多義。我們可以利用

層次分析法進行分化。例如：

（1）三個學校的老師

① 三 個 學 校 的 老 師　　② 三 個 學 校 的 老 師
　　定　　　　中　　　　　　　　定　　　　　中
　數│量　定　　中　　　　　　定│中
　　　　　　　　　　　　　　　　數│量

① 的大意是「學校的三個老師」；

② 的大意是「來自於三所學校的若干老師」。

（2）爸爸和媽媽的朋友

① 爸爸 和 媽媽 的 朋友　② 爸爸 和 媽媽 的 朋友
　　聯　　　合　　　　　　　　定　　　　　中
　　　　定　　中　　　　　　聯　　　合

① 的大意是「媽媽的朋友和爸爸」；

② 的大意是「爸爸和媽媽共同的朋友」。

（3）沒有穿破的衣服

① 沒 有 穿 破 的 衣 服　　② 沒 有 穿 破 的 衣 服
　　　定　　　中　　　　　　動　　　賓
　狀　中　　　　　　　　　　　定　　中
　　中│補　　　　　　　　　　中│補

③ 沒 有 穿 破 的 衣 服
　狀　　　中
　　動　賓
　　　定　中

① 的大意是「衣服裡面沒有穿破的那些」；② 的大意是「不擁有穿破的衣服」；③ 的大意是「破的衣服沒有穿」。

（二）語義關係不同的多義短語

有些短語雖然只擁有一種層次與結構關係，但仍具有多個意義。這是由深層語義關係的不同造成的。語義關係的不同，表現為語義成分或語義角色如「施事（動作發出者）」「受事（動作承受者）」等的不同。利用層次分析法無法分化這些短語的多個意義。例如：

（1）他誰都認識

　①「他」為受事，短語的大意是「許多人認識他」

　②「他」為施事，短語的大意是「他認識許多人」

（2）切了三塊豆腐

　①「三塊豆腐」為受事，短語的大意是「切的對象是三塊豆腐」

　②「三塊豆腐」為動作結果，短語的大意是「把三塊豆腐切成」

（3）我在屋頂上發現了小王

　①「在屋頂上」的是「我」和「小王」，短語大意是「我發現小王的時候，我和小王都在屋頂上」

　②「在屋頂上」的是「我」，短語大意是「我發現小王的時候，只有我都在屋頂上」

　③「在屋頂上」的是「小王」，短語大意是「我發現小王的時候，只有小王都在屋頂上」

（三）結構層次和語義關係都不同的多義短語

以短語「咬死了獵人的狗」為例：

例①中，「狗」是受事，短語的大意是「獵人的狗被咬死了」；例②中「狗」是施事，短語的大意是「把獵人咬死了的那隻狗」。

二、多義的消解方法

通過上述分析可以看出，多義短語的情況比較複雜。但在實際的語言交際中，因為包含多義（或稱「歧義」）而讓人產生誤解的句子並不多見。這是因為，短語在帶上語調實現為句子並投入某一語境使用時，會與說話人的語氣、表述方式等外部因素產生互動，使多義的情況受到有效的制約，避免聽話人產生模棱兩可的解讀。句子多義（歧義）的消解方法大致可以概括為以下幾種：

（一）利用重音、停頓等語音變化

例如「放棄美麗的女人」，可以讀作「放棄/美麗的女人」，也可以讀作「放棄美麗的/女人」，這是通過有意的停頓來提示句子內部的層次結構關係（「/」表示停頓位置）。

再如「單身的理由：原來喜歡一個人，現在喜歡一個人」。要想明確傳達這句話的深刻內涵，就必須利用重音來提示所強調的重點：第一個「喜歡一個人」要重讀「喜歡」，第二個「喜歡一個人」要重讀「一個」。

（二）改變句子的表述方式

例如「三個學校的老師」，可以改為「三所學校的老師」或

「三位學校的老師」，這是利用詞語替換的方式來消除多義。

再如「爸爸和媽媽的朋友」，可以改為「媽媽的朋友和爸爸」或「爸爸和媽媽共同的朋友」，這是利用變換次序或添加詞語的方式來消除多義。

（三）利用語境制約

即為短語或句子提供明確的上下文語境以消除多義。例如「剩男產生的原因：一是誰都看不上；二是誰都看不上。」這句話裡包含兩個相同短語「誰都看不上」，一個想表達的意思是「他看不上任何人」，另一個想表達的意思是「任何人都看不上他」。因此，我們可以通過增添下文的方式來讓句子表意更為明確，如「剩男產生的原因：一是誰都看不上，只看得上自己；二是誰都看不上，自己太普通了。」當然，這樣雖然把話說得更明白了，但也失掉了原句蘊藏的幽默意味。

第四章　句法成分

第一節　句法成分的種類及構成

　　漢語的句法成分一共有九類，即主語、謂語、動語、賓語、定語、狀語、補語、中心語、獨立語。其中主語和謂語，動語和賓語，定語、狀語、補語與各自的中心語，每一對句法成分都是必須共存共現的。我們可以把這種依存關係與婚姻關係進行類比：若甲是乙的丈夫，則乙必然是甲的妻子，而不可能是甲的母親、女兒等等；若甲與乙離了婚，則甲不再是乙的丈夫，乙也不再是甲的妻子。同理，若甲是乙的主語，則乙必然是甲的謂語，而不可能是甲的動語、賓語等；若將甲、乙中任一成分刪除，則這種句法依存關係消失。

　　獨立語是句法成分中比較特殊的一類，它身在句內又不與句內其他成分發生結構關係。此外，它是句子獨有的成分，是短語所不具備的。

以下分別對九類句法成分的構成、分類等情况進行說明。

一、主語

主語通常位於句首，是謂語的陳述對象，能回答「誰」或「什麼」等問題。

在漢語中，幾乎所有的實詞都可以充當主語。其中，名詞性成分作主語的情況比較常見。例如：

瑪麗/英國的瑪麗/她是我最好的朋友。

　　　　　　　　　　　　（名詞/定中短語/代詞）

零也是個數。　　　　　　（數詞）

（他們兩位，）一位姓張，一位姓王。（數量短語）

他們幾個/賣菜的逃跑了。　（同位短語/「的」字短語）

昨天來了一位新老師。　　（時間名詞）

房間裡/裡面住了十個人。　（方位短語/方位名詞）

注意：時間名詞、方位名詞或方位短語在句中可能充當主語，也可能充當狀語，要仔細判別：

首先，時間名詞、方位名詞或方位短語同指人名詞一起出現在句子開頭時，指人名詞作主語，時間名詞等作狀語。

瑪麗昨天去了北京。（「瑪麗」作主語，「昨天」作狀語）

院子裡我們放了很多書。（「我們」作主語，「院子裡」

　　　　　　　　　　　　　　　　　作狀語）

其次，在主語（指人名詞）省略的情況下，不要誤把作狀語的時間名詞、方位名詞或方位短語等當作主語。

（你什麼時候走？）明天走。　（「明天」作狀語）

再者，時間副詞、處所副詞、介詞短語一律不能作主語，它們只能作狀語。

剛剛走了	（「剛剛」作狀語）
附近逛逛	（「附近」作狀語）
在國中上學	（「在國中」作狀語）

謂詞性成分充當主語的情況，沒有名詞性成分充當主語那樣普遍，而且有一定的限制，其謂語成分一般由非動作性謂詞（如判斷動詞、形容詞等）充當。例如：

虛心使人進步，驕傲使人落後。	（形容詞）
游泳是一項很健康的運動。	（動詞）
吃飯、睡覺、打電動是他每天的主業。	（動詞性聯合短語）
太慢了不好，太急了也不好。	（狀中短語）
學會寬容並不容易。	（動賓短語）
性格偏激是你的缺點。	（主謂短語）

二、謂語

謂語的作用是對主語進行描述、描寫或判斷，能回答主語「怎麼樣」或「是什麼」等問題。一句話裡，只要判斷出哪個成分是主語，剩餘的部分都是謂語。

謂語通常由謂詞性成分充當。例如：

你來，我走！	（單個動詞）
昨天熱，今天冷。	（單個形容詞）
今天冷，（記得出門多穿件衣服）。	（單個形容詞）
我昨天玩得很開心。	（動詞帶狀語、補語）
她立刻激動得流出了眼淚。	（形容詞帶狀語、補語）

老師讓你去辦公室。　　　　　（兼語短語）

我去便利店買飲料。　　　　　（連謂短語）

他個子很高。　　　　　　　　（主謂短語）

　　注意：動詞、形容詞作謂語時常常要用複雜形式，即在前面帶上狀語或在後面帶上補語、賓語等成分，至少要後附語氣詞或動態助詞。動詞、形容詞單獨作謂語，受一定的條件限制。例如我們單說「今天冷。」，聽起來會覺得意猶未盡，只有說成「今天很/有點兒冷。」，或將「今天冷」放在「昨天熱，今天冷。」這樣的對比句中及「今天冷，記得出門多穿件衣服。」這樣的複句中，聽起來才比較自然。

　　名詞性成分作謂語比較少見，有一定的條件限制。這種句子大多表示判斷或具有描寫性，口語色彩比較濃厚，並以肯定形式為主。例如：

今天星期天。　　　　　　　　（名詞）

嘉明大大的眼睛。　　　　　　（名詞性短語）

那套房子六十萬元。　　　　　（數量短語）

三、動語

　　動語與賓語具有依存關係。動語在賓語之前，表示動作行為，對後面的賓語起支配作用。

　　動語可以由動詞單獨充當，但通常由動詞帶上補語或動態助詞構成。例如：

邱老師每天練習書法。　　　　（及物動詞）

我終於失去了你。　　　　　　（及物動詞後附動態助詞）

小朋友要學會謙讓。　　　　　　　（及物動詞帶補語）

她哭紅了眼睛。　　　　　　　　　（不及物動詞帶補語）

注意：動語或動語中心通常是及物動詞。不及物動詞有時可以帶上補語再後接賓語，條件是賓語、補語之間必須存在語義聯繫。例如「她哭紅了眼睛」，表示「哭」的結果是「眼睛紅」，賓語「眼睛」實際上是補語「紅」所陳述的對象。

四、賓語

賓語是動語的支配對象，能回答「誰」或「什麼」等問題。

賓語通常由名詞性成分充當，其構成材料與主語大致相同。茲不贅舉。

謂詞性成分也可以充當賓語，但只能出現在某些特定的及物動詞後面。這些動詞大致可分為兩類：一類只能帶謂詞性賓語，稱為「謂賓動詞」，如「打算、估計、計畫、主張、準備、值得、認為、給以、加以、致以、進行」等；一類既可以帶名詞性賓語，也可以帶謂詞性賓語，稱為「兼賓動詞」，如「表明、抱怨、看見、得到、指出、想像、保證、稱讚、讚成、反對、擔心、喜歡」等。

我打算辭職。　　　　　　　　（動詞）

出版社同意出版這部教材。　　（動賓短語）

誰說女子不如男？　　　　　　（主謂短語）

五、定語

定語是名詞性偏正結構中的偏項，位於定語中心語之前，並起修飾作用。定語與中心語之間有時用結構助詞「的」來標示二者關係。

（一）定語的構成材料及類別

根據定語與中心語的語義關係，可將定語分為限制性定語和描寫性定語兩類。實詞和短語大多數可以作定語。

1.限制性定語

限制性定語多由名詞性成分、動性詞成分、區別詞充當，表明人或事物的領有者、時間、處所、環境、用途、質料、數量、屬性、範圍、來源等。限制性定語的主要作用是給事物分類或劃定範圍，增強語言的指別性和準確性。它指明事物是「這個」而不是「那個」，可以用「哪個、哪些、多少、哪裡的、什麼時候的、誰的」等進行提問。例如：

小王的爸爸　（指人名詞）　當時的月亮　（時間名詞）
大型超市　　（區別詞）　　一雙繡花鞋　（數量短語）
來自星星的你（動賓短語）　爺爺泡的茶　（主謂短語）

2.描寫性定語

描寫性定語通常由形容詞性成分充當，其主要作用是描寫人或事物的性質、狀態，突顯原本就有的某個特性，增強語言的生動性和形象性。使用描寫性定語時，說話者著眼於所描寫的事物本身，而不是為了與其他同類事物進行區分，一般可以用「什麼樣的」、「怎麼樣的」進行提問。

親愛的小孩　（性質形容詞）
黃燦燦的金子（性質形容詞後接疊音詞綴）
圓圓的肚子　（性質形容詞重疊式）
雪白的墻壁　（狀態形容詞）
性情溫和的人　（主謂短語）

注意：描寫性定語也附帶有一定的限制作用。例如「雪白的墙壁」中的「雪白」，在描寫「墙壁」狀態的同時，也能夠限制範圍，使該「墙壁」與「綠色的墙壁」、「黃色的墙壁」、「灰白的墙壁」等區別開來。

（二）多層定語

　　有些句法結構中包含的定語不止一個，構成一種比較繁複的多層定語結構。

　　首先，要注意辨清多層定語的內部關係，找準每個定語所對應的中心語是什麼。試舉兩例：

　　（1）短語「我女朋友的叔叔的兒子」，至少存在兩種可能的層次分析方法：

　　其中，①的劃分是正確的：「女朋友」是「我」的中心語，「叔叔」是「我女朋友」的中心語，「兒子」是「我女朋友的叔叔」的中心語。千萬不要認為既然「兒子」是整個短語的中心語，那麼前面的定語成分都是修飾「兒子」的，否則可能會導致②這種錯誤的分析結果。

　　（2）短語「黑的白的紅的氣球」，至少存在兩種可能的層次

分析方法：

①黑的白的紅的氣球　②黑的白的紅的氣球

其中，①的劃分是正確的：「黑」、「白」、「紅」分別修飾「氣球」，「氣球」是三者共同的中心語。這樣的結構實際不包含層層嵌套的修飾關係，稱之為「複雜定語結構」，比稱之為「多層定語結構」更恰當。不要誤認為「黑」、「白」、「紅」三者之間存在修飾關係，否則可能會導致②這種錯誤的分析結果。

其次，要注意多層定語的排序問題。不同義類的定語孰前孰後，其實是存在一個相對常規的次序的。有些包含多層定語的短語或句子聽起來彆扭，可能是因為排序不當導致的。試舉例說明：

定語常規次序 （由外層到內層）	定語能回答的問題	例①	例②
1）表示領屬關係的詞語	誰的？	我校	我
2）表示時間、處所的詞語	何時？	去年	在巴黎
3）動詞性短語	怎樣的？	引進的	買的
4）指示代詞或量詞短語	哪個？多少？	一位	那件
5）形容詞性短語	什麼樣的？	優秀	新
6）表示屬性或範圍的名詞	什麼？	籃球	格子
中心語		教練	襯衫

六、狀語

狀語是謂詞性偏正結構的偏項，位於狀語中心語之前，並起修飾作用。狀語與中心語之間有時用結構助詞「地」來標示二者關係。

（一）狀語的構成材料

狀語通常由副詞、時間名詞、能願動詞、狀態形容詞、介詞短語、數量短語等充當；部分普通名詞、性質形容詞也能充當狀語。

台北的鳳梨酥的確好吃。	（副詞）
他昨天離開了。	（時間名詞）
公民應當奉公守法。	（能願動詞）
她撲哧笑了出來。	（擬聲詞）
他筆直地站著。	（狀態形容詞）
她被老師批評了一頓。	（介詞短語）
東亞病夫的招牌，已被我一腳踢開。	（數量短語）
今天上午現場直播籃球比賽。	（名詞）
他猛地站了起來。	（性質形容詞）

（二）狀語的位置

狀語在句中通常位於主語之後，位於主語之前的狀語稱為「句首狀語」。少數狀語必須出現在主語之前，例如由「關於」「至於」構成的介詞短語。

有些狀語出現在主語之前或之後均可，例如時間名詞（「現在」「當時」）、時間副詞「立刻」「偶爾」）、語氣副詞（「究竟」「也許」）等。

在以下幾種情況下，狀語通常要放在主語之前：

1.特別強調狀語的作用：例如「輕輕地我走了，正如我輕輕地

來。」

2.狀語承上啟下：例如「我們每天上午上課。除了上課以外，我們下午還常常出去參觀。」

3.狀語修飾不止一個分句：例如「前年夏天，我去了北京，遊覽了長城。」

4.對比或列舉不同時間或不同條件下發生的事件：例如「今天你以母校為榮，明天母校以你為榮。」

5.狀語結構比較複雜或音節較多，將部分狀語放在句首可以使句子結構分明，便於誦讀及句意的理解：例如「在那個草原與山丘組成的邊遠鄉村，祖輩們過著自給自足的部落式生活。」

（三）多層狀語

有些句法結構中包含的狀語不止一個，構成一種相對複雜的多層狀語結構。

首先，與多層定語一樣，多層狀語的排序也不是隨意的。孰前孰後，取決於結構內部的邏輯關係和表意的需求。當然，不同義類的狀語也存在一個相對常規的排列次序。試簡單表示如下：

	因由	時間	處所	語氣	範圍	否定	程度	情態	對象	
例① 幾位老師		昨天	在教室裡		都		非常	熱情地	與他	交談
例② 她	為了工作	昨晚		居然		沒				睡覺

其次，多層狀語的排列次序可能會影響整個結構的含義。試比較「大不一樣」與「不大一樣」，前者表達的意思是「非常不一樣」，後者表達的意思是「有些不一樣」；類例又如「很不好」與「不很好」、「都不去」與「不都去」等。

七、補語

補語是中補結構的偏項，位於補語中心語之後，並起補充說明作用。補語與中心語之間有時用結構助詞「得」來標示二者關係。

（一）補語的構成材料及類別

補語主要由謂詞、謂詞性短語、數量短語、介詞短語等充當。根據補語的意義及結構材料，可大致將其分為七類：

1.結果補語

表示動作、行為產生的結果，與中心語有因果關係。一般由形容詞或動詞充當，例如「聽清楚」「吃飽」「看懂」。結果補語與中心語結合得很緊，其他成分不能插入中間而只能後附，如「吃飽飯」「看懂了」。

注意：有些動詞或形容詞作結果補語時，詞義會發生一定變化。例如「掉」的基本義是「落下」，但在「賣掉」「吃掉」中表示「消失」；「住」的基本義是「居住」，但在「站住」「記住」中表示「通過動作使人或事物的位置固定下來」；「好」的基本義是「使人滿意的」，但在「寫好」「做好」中表示「動作完成而且達到完善的地步」。

2.程度補語

表示動作、性狀所達到的程度。充當程度補語的詞語可分為兩類：一類表示程度很高或達到極點，例如「熱得很」「美極了」「氣壞了」「餓得慌」「高興死了」「冷得要命」；一類表示程度較輕，如「慢一點」「好一些」。

注意：結果補語與程度補語有時採取相同的格式，可以從其側重表達的意義出發進行判別。結果補語表示實實在在的結果。例如「他因為連續加班而被活活累死了。」，這裡的「死」表示真實

的死亡。程度補語意義較虛，只是從誇張的角度說明程度很高，例如「今天工作了一天，累死了。」，這裡的「死」並非真正的死，只是說明累的程度。

3.情態補語

情態補語用來描摹動作、性狀所呈現出來的情態，通常由形容詞或謂詞性短語充當。中心語和補語中間都有結構助詞「得」，有時是「個」或「得個」。例如：

秀恩愛，死得快 （性質形容詞）
哭個痛快 （狀態形容詞）
小李打籃球打得不好 （形容詞性短語）
她笑得合不攏嘴 （動詞性短語）

「得」之後的情態補語在一定的語境裡可以省去，包含一種無需或者無法形容的意味。

看你高興得！
看你把這麼簡單的事兒給辦得！

4.趨向補語

表示事物隨動作而移動的方向，由趨向動詞充當。例如：

何處傳來駝鈴聲？
滾開！
哭出來也許會好過一點。

趨向動詞共計25個，分為單純趨向動詞和複合趨向動詞兩類。其中，「上」「下」「起來」「下去」等往往具有引申用法。（參見2.2.2.3.2「趨向動詞」）

5.數量補語

表示動作行為發生的次數、持續的時長或完結後所經歷的時長等，多由數量短語充當。又可分為動量補語和時量補語兩類。

（1）動量補語：由表動量的量詞短語充當，表示動作發生的次數。

媽媽再愛我一次
他朝我狠狠地瞪了幾眼

（2）時量補語：由表示時量的量詞短語或「數量名」結構充當。

住了三天了　　　　　（表示動作持續的時長）
死了兩年了　　　　　（表示動作完結後所經歷的時長）
寫了三個月了　　　　（表示動作持續的時長或動作完結後所
　　　　　　　　　　　經歷的時長）

注意：上述「動詞+了+時量+了」格式，到底表示動作自身持續的時長還是動作完結後所經歷的時長，與動詞自身所表示的動作是否具有可持續性直接相關。「住、等、病、想、哭、考慮」等動詞，表示的動作可以持續，故整個格式表示動作持續的時長；「死、丟、出生、畢業、出現」等動詞，表示的動作無法持續、具有瞬間完成性，故整個格式只能表示動作完結後所經歷的時長；而「寫、看、聽、學、研究」等動詞，表示的動作既可能瞬間完成、也可能持續一段時間，故整個格式是具有歧義的。

6.可能補語

表示對動作行為能否發生或動作行為結果能否實現的預判。按照形式可分為兩類：

① 由「得/不得」充當

和尚摸得，我摸不得？

那個人你可小看不得。

② 「得/不」（輕聲）+結果補語/趨向補語

我的話你聽得懂嗎？

功課太多，我做不完。

背包太重了，提不起來。

注意：情態補語與可能補語的肯定式相同，都要用「得」。二者的區別主要在以下兩點：

首先，從語義上看，前者是對已發生的動作行為進行評價或描述，後者是對未發生的動作行為的可能結果進行預估。例如：

老闆誇獎我這項工作做得好。

（動作已發生，情態補語「好」表示評價）

我保證這項工作一定做得好。

（動作尚未發生，結果補語「好」表示可能產生的結果）

其次，從形式上看，二者的否定式、提問式都不相同，並且情態補語能夠擴展。

做得好（情態補語）→做得不好　做得好不好？　做得很好

做得好（可能補語）→做不好　　做得好做不好？　　*

7.介詞短語補語

介詞短語位於動詞或形容詞之後充當補語，表示時間、處所、比較等。

孫中山生於1866年，卒於1925年。（表示動作發生的時間）

站在高崗上。　　　　　　　　（表示動作發生的處所）
送你送到小村外。　　　　　　（表示動作的終止地點）
溪水急著要流向海洋。　　　　（表示動作的方向）
國家利益高於一切。　　　　　（表示比較）

（二）多層補語

有些句法結構中包含的補語不止一個，構成一種相對複雜的多層補語結構。

不同類別的多層補語一般遵循如下的排列次序：

	結果補語	介詞短語補語	數量補語	趨向補語
例① 打	翻	在地		
例② 走		到人群中		去
例③ 病	死	在家裡	好幾天	了

（三）補語和賓語的次序

補語和賓語都位於動詞之後，但補語多為謂詞性成分，賓語多為名詞性成分。（關於補語、賓語的判別方法，請參看3.2.2.1）當補語和賓語同時出現在動詞後面時，其先後順序存在以下三種情況：

1.先補後賓：這是最為常規的排序方式。

　　學〈會〉珍惜　　　　找〈回〉自己
　　聽〈不懂〉你的意思　　亮〈瞎〉你的眼睛

2.先賓後補：這種情況比較少見，有一定的條件限制。

　　等了你〈那麼久〉　　（代詞/指人賓語＋時量補語）
　　去過重慶〈三次〉　　（處所賓語＋動量補語）
　　拿一本書〈來〉　　　（指物賓語＋趨向補語）

其中，後兩種情況的語序又相對自由。例如「去過重慶三次」也可以說成「去過三次重慶」，「拿一本書來」也可以說成「拿來一本書」。

3.賓語在中間：這種情況更少見，有較強的條件限制。

跑〈下〉樓〈來〉

飛〈回〉北京〈去〉　　（趨向動詞+處所賓語+趨向動詞）

拿〈出〉一本書〈來〉　（趨向動詞+指物賓語+趨向動詞）

綜上，趨向補語與賓語的排序情況最為複雜：

第一，單純趨向動詞作補語時，只有「來/去」可置於賓語之前或之後，例如「拿來一本書」也可以說成「拿一本書來」，其他單純趨向動詞則只能置於賓語之前，例如「走進新時代」不能說成「*走新時代進」。

第二，複合趨向動詞作補語時，指物賓語位置比較靈活。例如「拿一本書出來」也可以說成「拿出一本書來」或「拿出來一本書」。處所賓語則只能位於補語之間，例如「跑下樓來」不能說成「*跑樓下來」或「*跑下來樓」。（「出來」「進去」等複合趨向動詞屬於離合詞，中間插入賓語時算作兩個詞，合起來時算一個詞。）

八、中心語

中心語指偏正短語（包括狀中短語和定中短語）及中補短語的正項。根據與之對應的成分可以分為定語中心語、狀語中心語和補語中心語三類。充當中心語的，既可以是詞，也可以是短語。

我的少女時代　　　　（定語中心語）

隨風奔跑　　　　　　（狀語中心語）

長得很帥 （補語中心語）

九、獨立語

獨立語獨立於上述八種配對成分之外，在句中不與其他成分發生結構關係；位置一般比較靈活，可居句前、句中、句末。從表意作用看，獨立語大致可以分為四類：

1.插入語

插入語一般是對一句話的附加說明，用以補足句意，使表達更加嚴密。大概包括如下一些細類：

（1）表消息來源　　聽說、據說、據統計、據報道
（2）表肯定或強調　毫無疑問、特別是、不用說、不消說
（3）表總括　　　　總之、總的來說、總而言之、綜上所述
（4）表估計和推測　說不定、看來、充其量
（5）表注釋、補充、舉例　例如、比如、譬如、正如、包括、
　　　　　　　　　　　　　換句話說
（6）表站在對方立場進行勸說　你看、你說、你想、請看
（7）表對語意的附帶說明　嚴格來說、一般來說、不瞞你說
（8）表意想不到　　不想、不成想、豈料、不料、誰料

2.稱呼語

用於稱呼對方，引起注意。

我有個問題想問您，老師！
歐皓辰，我喜歡你！

3.感歎語

通常由感歎詞充當，用於喜怒哀樂等各類情感的表達。

哎呀，今天又忘吃藥了！

你這個壞傢伙，哼！

4.擬聲語

通常由擬聲詞充當，用於模擬自然界事物的聲音。

嗚嗚，遠處傳來了一陣哭聲。

咔嚓，玻璃碎了。

注意：進行句法成分分析時，獨立語用加在底部的三角符號進行標示。如「你說，這件事情應該怎麼辦才好？」。

第二節　詞類與句法成分的對應關係

印歐語系諸語言中，詞類與句法成分之間的對應關係往往比較單純，名詞充當主語或賓語、動詞充當謂語、形容詞充當定語或表語、副詞充當狀語。漢語的詞類與句法成分之間的對應關係則相對複雜很多，試用下圖來表示：

主語/賓語　　　　　謂語　　　　　定語　　　　　狀語

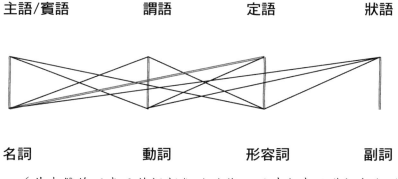

名詞　　　　　　　動詞　　　　　形容詞　　　　　副詞

（其中雙線既表示英語詞類的功能，同時也表示漢語詞類的功能）

上圖只是簡單描述了漢語中幾個主要詞類與幾種主要句法成分之間的對應關係，如果再補上其他詞類和句法成分，情況會更為複雜。

漢語詞類與句法成分之間的對應關係，可概括為以下兩點：

一、一種句法成分對應多個詞類

漢語的一種句法成分，可以由多個詞類充當，這也是漢語與印歐語系諸語言的一個顯著的區別。拿「定語」來說，漢語中名詞、動詞、形容詞、代詞、區別詞等多類實詞都可以充當定語成分。例如：

魔鬼身材　　（名詞）　　前進的腳步　　（動詞）
美麗的島嶼　（形容詞）　你的益達　　　（代詞）
女醫生　　　（區別詞）　第一中學　　　（數詞）
嘩啦一聲　　（擬聲詞）

二、一個詞類對應多種句法成分

　　拿形容詞來說，英語中的形容詞只能充當定語，充當其他成分時必須有詞形上的變化（如添加-ly後綴等），如此詞性也要發生改變；而漢語中的形容詞則可以充當主、賓、謂、定、狀語等句法成分，在詞形上不需要作出改變。以形容詞「謙虛」為例：

① 你謙虛點兒！　　　（作謂語中心）
② 謙虛是一種美德。　（作主語）
③ 要保持謙虛。　　　（作賓語）
④ 謙虛的人　　　　　（作定語）
⑤ 謙虛地說　　　　　（作狀語）

　　過去，有人認為①和④中的「謙虛」分別作謂語中心、定語，是形容詞（英文用humble表示）；②和③中的「謙虛」分別作主語、賓語，是名詞（英文用humility表示）；⑤中的「謙虛」作狀語，是副詞（英文用humbly表示）。這是一種錯誤的觀念，是與印歐語系諸語言的詞類劃分方式簡單比附所導致的。

　　首先，例句①—⑤中的「謙虛」，儘管分別充當不同的句法成分，但在詞形和詞義上基本未發生任何變化。其次，充當主語、賓語或狀語的「謙虛」，仍保留著形容詞的基本語法特徵，例如受「不」或「很」的修飾。故例②也可以表述為「不謙虛不是一種美德」，例⑤也可以表述為「很謙虛地說」。

綜上可知，上述例句中「謙虛」只具有一種形容詞詞性，而並非形容詞、名詞、副詞的「兼類」。（「謙虛」有時是動詞，如「謙虛幾句」，這裡的「謙虛」意思是「說謙虛的話」，跟上述例句中的情況不同。）否則的話，漢語中幾乎所有的形容詞都可以「兼類」。照這個思路推衍開來，漢語中的實詞都無定類，詞類劃分也就失去了實際意義。

第三節 成分分析法

成分分析法是一種傳統的析句方法，又稱「中心詞分析法」。該方法著眼于句子成分的確定和結構方式的判別，主要對句法結構內部的詞際關係進行分析。由於句子和短語在結構上基本一致，因此該方法不僅適用於句子，同樣適用於短語。

一、成分分析法的操作步驟

成分分析法認為句子由六大句法成分構成，即主語、謂語、賓語、定語、狀語、補語。其中，前三者是句子的基本成分（或稱「主幹」），後三者是句子的附屬成分（或稱「枝葉」）。

成分分析法的基本步驟是：先找出整個句子或短語的主語部分和謂語部分，中間以雙豎線（‖）隔開；然後找出謂語部分的主要動詞和賓語；再找出附加在主語、賓語之前以及謂語動詞前後的定語、狀語、補語等附加成分，最後分別在這些成分底下或兩側分別畫上相應的標示符號。（＿表主語、＿表謂語中心、﹏表賓語、（ ）表示定語、〔 〕表示狀語、〈 〉表示補語）

例如：

（年輕）教師 ‖〔都〕搬〈進〉了（新）公寓。
　定　　主　　狀　謂　補　　定　賓

二、成分分析法與層次分析法

成分分析法與層次分析法是兩種重要的句法分析手段，二者都能用來分析漢語中的句子，揭示句子的構成情況。試用這兩種方法分析「年輕教師都搬進了新公寓。」來觀察二者的異同：

（年輕）教師∥〔都〕搬〈進〉了（新）公寓。

主		謂	
定	中	狀	中
			動　賓
			中　補　定　中

　　可見，兩種分析方法各有優劣。成分分析法採用圖解和線條符號分析句子，簡明清晰且形象直觀，容易抓住句子主幹，明確句子的格局。其缺點是把六大成分放在一個平面來分析，忽視句法結構的層次性；抽出的「主幹」（中心詞）往往不能概括整個結構的意義；對歧義句的分化能力比較弱。層次分析法便於看清句法結構的層次，但不利於看清句型。因此，也有學者嘗試將兩種分析方法進行結合，即在成分分析的基礎上，以數字角標來表示層次切分的先後順序。如上個例句可以分析為：

　　（年輕）^{2}教師^1∥〔都〕^{2}搬^4〈進〉了^3（新）^{4}公寓。

　　或在層次分析的基礎上，兼用成分分析的標示符號：

年　輕　教　師　都　搬　進　了　新　公　寓。

第五章　語義

第一節　語義關係

　　所謂「語義」，是指詞語進入句法結構之後，詞際形成的詞彙意義之外的一種關係意義。例如「狗」，詞彙意義是「屬於犬科的一種食肉類哺乳動物」。但在「狗叫」中，「狗」表示「叫」這個動作的發出者（「施事」）；在「打狗」中，「狗」表示「打」這個動作的承受者（「受事」）；在「狗窩」中，「狗」表示「窩」的領有者等。雖然在「狗叫」「打狗」「狗窩」中，「狗」的詞彙意義沒有發生變化，但卻表現出不同的關係意義。

　　可見，語義要依託詞與詞組合而成的句法結構才能體現出來。而隱藏在句法結構之後的由詞語的意義範疇建立起來的關係，稱為「語義關係」。同一個詞語，與不同的其他詞搭配時可能產生不同的語義關係。

一、語義關係的類別

（一）動詞與名詞語義關係的類別

在多數句法結構中，動詞通常居於核心地位，與其前和其後的名詞性成分發生句法和語義上的關聯。在動詞與名詞構成的各種語義關係中，名詞可充當的語義角色主要包括：

1.施事：指動作行為的發出者，有時由介詞「被（叫、讓）」引介。

夜鶯在歌唱。　　　　　　他被狗咬了。

2.受事：指動作行為的承受者，有時由介詞「把（將）」引介。

我忘記吃藥了。　　　　　狗把他咬了。

3.與事：指動作行為的間接承受者，有時由介詞「給」引介。

我送你一套房子。　　　　爺爺給他留下一大筆遺產。

4.系事：指動作行為的關係者。謂語動詞通常是「是」「成」「變」等。

我是一匹來自北方的狼。　他成了一名歌手。

5.結果：指動作行為產生的結果。

她在寫信。　　　　　　　愛迪生發明了留聲機。

6.時地：指動作行為發生的時間或處所，有時由介詞「在（從、到）」引介。

全家一起過新年。　　　　我住在新竹。

7.工具：指動作行為的憑藉物，有時由介詞「用」引介。

你喝大杯，我喝小杯。　　　他在用毛筆寫字。

8.目的：指動作行為發生的目的，有時由介詞「為」引介。

他在準備考大學。　　　　雙方為財產問題進行過交涉。

9.原因：指動作行為發生的原因。

爺爺正在養病。　　　　　快到騎樓下避雨。

10.對象：指動作行為的對象，有時由介詞「對（向）」引介。

教育小孩是父母的責任。　向大家表示感謝。

11.材料：指動作行為所使用的材料，有時由介詞「用」引介。

記得幫我給蔬菜澆水。　　地板用油漆刷了一遍。

12.致使：指動作行為使動的對象。

這是一項安定民心的舉措。　他彎著腰走了出去。

13.存在：指存在的客體。謂語動詞通常是「有」或「是」等。

門外有人。　　　　　　　遍地是牛羊。

（二）名詞與名詞語義關係的類別

名詞與名詞在句法上可以構成定中短語，其間包含的語義關係也是複雜多樣的。例如：

1.領屬關係　王子的新衣
2.隸屬關係　狐狸的尾巴
3.含屬關係　男人的性格

4.從屬關係　皇帝的隨從

5.類屬關係　條形的花紋

6.時屬關係　那年的情書

7.處屬關係　路上的行人

8.來源關係　柳州的棺木

9.關涉關係　牛郎的傳說

10.質料關係　磚瓦的房子

11.比喻關係　歲月的河流

二、句法關係和語義關係

句法結構是句法形式和語義內容的統一體。在短語和句子等句法結構中，總是同時存在著兩種結構關係，即句法關係與語義關係。其中，句法關係是一種表層的、顯性的關係；語義關係則是一種深層的、隱性的關係。相應地，句法結構中的實詞也扮演著兩種角色，即同時充當句法成分和語義成分。例如：

	昨天	我	在商店	為老婆	買了	一條裙子。
句法層面：	狀語	主語	狀語	狀語	動語	賓語
語義層面：	時間	施事	處所	目的	動作	受事

（一）句法關係和語義關係的區別與聯繫

1.構成要素與結構關係不同

句法關係由句法成分構成，如主語、謂語、動語、賓語等，成分之間的結構關係是「主語——謂語」「動語——賓語」「狀語——狀語中心語」等。

語義關係由語義成分構成，如施事、受事、動作、工具等，成

分之間的結構關係是「施事——動作」「動作——受事」等。

2.穩定程度不同

句法關係的變動性較強，受句法成分在句中相對位置的影響，而語義關係則相對穩定。例如「客人來了」與「來客人了」：前者是主謂短語，後者是動賓短語，但二者蘊含的語義關係都是相同的，即「施事——動作」。

3.能否跨越結構層次

句法關係是不能跨越結構層次的，而語義關係則可以。在句法結構中，直接成分之間具有句法關係和語義關係，而間接成分之間只有語義關係而沒有句法關係。例如「我丟了錢包」：從層次分析的角度來看，「我」與「丟了錢包」是主謂關係，「丟」與「錢包」是動賓關係，而「我」與「錢包」之間不存在直接的句法關係；但從語義上看，二者存在著領屬關係。

4.句法關係和語義關係並不完全對應

一種句法關係可以對應多種語義關係，一種語義關係也可以對應多種句法關係。例如：「吃拉麵」「吃食堂」「吃大碗」都是動賓短語，但其中蘊含的語義關係分別是「動作——受事」「動作——處所」「動作——工具」；「寫書」、「寫的書」，前者是動賓短語，後者是定中短語，但二者蘊含的語義關係都是「動作——受事」。

（二）句法成分的語義類型

1.主語的語義類型

主語是與謂語相對待的句法成分，主要由名詞性成分充當。根據主語的語義，可將其概括為以下三種類型：

（1）施事主語

主語表示動作行為的發出者。主語與謂語中心之間的語義關係是「施事——動作」。例如：

我把這本書讀完了。

一句話 驚醒夢中人。

注意：這裡的「施事」要作廣義的理解，既包括動作的發出者，也包括實際上不能發出動作的事物，例如「一句話」。

（2）受事主語

主語表示動作行為直接支配、關涉的人或物，包括動作行為的承受者、對象及結果。主語與謂語中心之間的語義關係是「受事——動作」。例如：

兔子被我捉住了。　　　　　（主語表動作行為的承受者）

這件事你為什麼不告訴我。　（主語表動作行為的對象）

信我已經寫好了。　　　　　（主語表動作行為的結果）

（3）中性主語

除上述兩類主語之外，其他主語都歸為中性主語。例如：

院子裡 放著一張桌子。　　（主語表處所）

以前 發生過類似案件。　　（主語表時間）

那把刀 可以砍柴。　　　　（主語表工具）

中性主語涵蓋的範圍比較廣泛，一些謂語中心不使用動作動詞，而使用非動作動詞、形容詞、名詞的句子，其主語也歸入中性主語。例如：

一加一 等於二。　　　　　（謂語中心是判斷動詞）

今天 星期五。　　　　　　（謂語中心是名詞）

景德鎮的瓷器 很有名。　　（謂語中心是形容詞）

2.謂語的語義類型

考察謂語對主語的作用，可將謂語的語義分為四類。早期語法學者將句子分為敘事句、有無句、描寫句、判斷句，其實就是根據謂語的語義類型進行的相應分類。

（1）敘事句

或稱「敘述句」，敘說事情的句子。謂語主要由動詞性短語充當，敘述主語所做的或與主語有關的事情。

> 我 ‖ 在人民廣場吃著炸雞。
> 鄰居家 ‖ 被盜了。

（2）有無句

或稱「存在句」，表示事物有、無的句子。謂語動詞通常為「有」「沒有」（古漢語常用「無」），敘述主語是否擁有或存有某物。

> 我 ‖ 有一隻貓。
> 這世界 ‖ 沒有無緣無故的愛。

（3）描寫句

或稱「表態句」，描述事物性質或狀態的句子。謂語主要由形容詞性詞語充當，描寫主語的性狀。

> 我 ‖ 今天特別開心。
> 她 ‖ 高興得手舞足蹈。

（4）判斷句

或稱「說明句」，解釋事物的含義或判斷事物異、同的句子。謂語動詞通常由「是」「屬於」「為」等充當，說明主語的類屬或情況。

孔子 ‖ 是魯國人。

我 ‖ 是三年二班的周杰倫。

此外，判斷句還可以劃分出一個小類，稱為「準判斷句」，是表示譬喻或給事物下定義的句子。謂語動詞通常由「如」「像」「叫作」充當。

人生 ‖ 如戲。

爸爸的爸爸 ‖ 叫作爺爺。

3.賓語的語義類型

賓語是與動語相對待的句法成分，也主要由名詞性成分充當。根據賓語的語義，可將其概括為以下三種類型：

（1）受事賓語

賓語表示動作、行為直接支配、關涉的人或事物，包括動作的承受者、對象及結果。動語與賓語之間的語義關係是「動作——受事」。

他們在踢 足球。　　　　　　（賓語表動作行為的承受者）

我不太瞭解 他。　　　　　　（賓語表動作行為的對象）

他們在挖 地道。　　　　　　（賓語表動作行為的結果）

（2）施事賓語

賓語表示動作、行為的發出者。動語與賓語之間的語義關係是「動作——施事」。施事賓語比較少見，而且一般可以通過句式變換而轉成主語。

出 太陽了。　　　　　　　　（→太陽出來了。）

叢林裡藏著 一頭獅子。　　　（→一頭獅子藏在叢林裡。）

（3）中性賓語

除上述兩類主語之外，其他賓語都歸為中性賓語。例如：

我準備回 重慶。　　　　　（賓語表處所）

不要經常熬 夜。　　　　　（賓語表時間）

他為了升職到處跑 關係。　（賓語表目的）

第二節　語義分析法

對句法結構進行語義分析，研究各成分之間的語義關係，有助於揭示詞語在搭配組合時所具備的語義特性，以及深入探討不同句法結構之間的內在關聯及轉換機理。以下簡要介紹兩種語義分析法，即語義特徵分析法和語義指向分析法。

一、語義特徵分析法

（一）語義特徵的含義

語義特徵指某小類實詞所特有的、能對它們所在的句法格式起制約作用的、並足以區別於其他小類實詞的最小語義成分。很多時候，句法上能結合的詞語不見得在語義上也能搭配，這是因為詞與詞搭配時在語義上有選擇性。而決定某些搭配能否成立的關鍵性因素，就是詞語的語義特徵。

以動詞「吃」與「喝」為例：二者都是表飲食義的動作動詞，但我們可以說「吃飯」「吃蘋果」等，卻不能說「*吃啤酒」「*吃湯」等。相反地，我們可以說「喝啤酒」「喝湯」，卻不能說「*喝飯」「*喝蘋果」等。經過觀察不難發現，「吃」要求與之搭配的受事具有〔+固體〕這個語義特徵，而「喝」則要求與之搭配的受事具有〔+液體〕這個語義特徵。我們抓住這個關鍵點，不僅能很好地說明兩個動詞在動賓搭配上的差異，而且也能對一些看似「反常」的搭配進行解釋。例如「粥」，我們既常說「喝粥」，也常說「吃粥」，這是因為「粥」是一種由稻米、豆類等糧食煮成的半流質食物，兼有〔+液體〕〔+固體〕的語義特徵。而一些方言區還存在著「吃酒」「吃水」的說法，則是古代漢語用法的一種遺

存。因為「吃」在古代漢語中能搭配的對象比現在要廣泛，不論固體事物還是液體食物，都能與「吃」搭配。

可見，語義特徵反映了某一類詞與某一類客觀事物之間的關係，也反映了一類詞和另一類詞在詞義上的搭配關係。這種特徵，必須結合句法結構才能概括得到。

（二）語義特徵分析舉例

語義特徵分析，主要著眼於分析概括同一句法結構的各實例中處於核心位置上的實詞所共有的語義特徵，用以解釋說明該句法結構之所以獨具某種特點，以及能與看似同樣形式的其他句法結構相互區分的原因。其中，尤以針對動詞、名詞、形容詞的語義特徵分析為重點。

例如，我們可以通過考察動詞與動態助詞的搭配情況來給動詞的時間特徵分類：

		著	了	過
A類	是	*是著	*是了	*是過
B類	懂	*懂著	懂了	*懂過
C類	醉	醉著	醉了	醉過
D類	斷	*斷著	斷了	斷過

A類動詞又包括「等於、作為、姓」等。它們不具有明確的時間起迄點，動態性極弱，因此不能與「了、過」搭配；又因為本身就具有持續性，也不需要「著」的意義補充。

B類動詞又包括「認識、知道、明白」等。它們具有明確的時間起點，能反映動作從無到有的實現過程，故可以接「了」；但它們又具有認知意義，通常一旦實現了就可以一直持續，缺乏明確的時間終點，故不能與「著、過」搭配。

C類動詞又包括「醉、病、等」等。它們具有明確的時間起迄點，也具有持續性，因此後接「著、了、過」均可。

　　D類動詞又包括「受傷、出嫁、丟」等。它們具有明確的時間終點，能夠反映動作從無到有的實現過程，故可以接「了」；通常不具備持續性，故不能接「著」；可以表示「曾然」，故可以接「過」。

　　總結一下，我們可以將以上四組動詞的語義特徵描寫如下：

　　A類動詞　　〔－起點，＋持續，－終點〕
　　B類動詞　　〔＋起點，＋持續，－終點〕
　　C類動詞　　〔＋起點，＋持續，＋終點〕
　　D類動詞　　〔＋起點，－持續，＋終點〕

　　從動詞的時間特性出發，建立上述這種分類模式，對一些相關的語言現象也具有一定的解釋力。例如「動詞+了+時量+了」這種格式，其表達的意思跟動詞的時間特性密切相關：

　　① 等了兩個小時了
　　② 死了兩個小時了
　　③ 讀了兩個小時了

　　其中，例①表示「等」這個動作持續了兩個小時，因為「等」屬於C類動詞；例②表示「死」這個動作結束後又過了兩個小時，因為「死」屬於D類動詞；例③則既可能表示「讀」這個動作持續了兩個小時，可能表示「讀」這個動作結束後又過了兩個小時，這是因為「讀」兼具C、D兩類動詞的性質。

二、語義指向分析法

語義指向指句法結構中的某一成分在語義層面上支配或說明的

方向。

通過分析句法成分的語義指向來解釋說明某些語法現象，這種分析手段稱為語義指向分析。其中，定語、狀語、補語等修飾性成分的語義指向問題，更值得關注。

（一）修飾性成分的語義指向

1.定語的語義指向

定語的語義一般指向定語中心語，也有可能指向主語、謂語動詞等。例如：

① 哈爾濱是一座（美麗）的城市。

② 我在台灣度過了一個（愉快）的暑假。

③ 我讀了（一上午）的書。

2.狀語的語義指向

狀語的語義通常指向謂語中心，但也有可能指向主語或賓語。例如：

① 我〔輕輕〕地把她攬在懷中。

② 四鳳〔膽怯〕地望著大海。

③ 他們〔圓圓〕地圍成了一個圈。

3.補語的語義指向

補語在語義上可以指向多種句法成分，例如主語、謂語中心、賓語等。

　　① 她的眼睛都哭〈腫〉了。

　　② 他跑得〈飛快〉。

　　③ 我們已經打掃〈乾淨〉教室了。

　　④ 你〔把這把刀〕都砍〈鈍〉了。

　　（補語「鈍」在語義上指向「砍」的工具）

（二）語義指向分析舉例

　　語義指向分析能夠揭示句法成分在語法和語義上的不對應性，這可以很好地解釋句法結構與語義結構之間種種複雜的對應關係，尤其對一些歧義結構的說明和分化，具有重要的啟發意義。

　　仍以「我在屋頂上發現了小王」為例，這個短語包含了三個可能的意思，前文已敘。（見3.7.1.2）利用層次分析法無法分化歧義，因為無論短語表達的是哪個意思，句法上「在屋頂上」都充當「發現了小王」的狀語。

　　現在從語義指向的角度來看，短語的歧義是由於「在屋頂上」具有不同的語義指向造成的。可以圖示如下：

　　① 我〔在屋頂上〕發現了小王

　　② 我〔在屋頂上〕發現了小王

③ 我〔在屋頂上〕發現了小王

其中，例①中的「在屋頂上」語義指向「我」；例②中的「在屋頂上」語義指向「小王」；例③中的「在屋頂上」語義同時指向「我」和「小王」。

又如「我在抽屜裡發現了蟑螂」這個短語，與「我在屋頂上發現了小王」結構完全相同，但卻不含有歧義，這也可以通過語義指向分析進行解釋。

① 我〔在抽屜裡〕發現了蟑螂

② 我〔在抽屜裡〕發現了蟑螂

② 我〔在抽屜裡〕發現了蟑螂

理論上來說，「在抽屜裡」也存在三種可能的語義指向。但按常理來說，「我」是不可能被容納在一個小小的抽屜裡面的，這就否定了例①和例③成立的可能性。因此只有例②所表示的情況能夠存在，即「在抽屜裡」的語義只能指向「蟑螂」。因此，這句話沒有歧義。

第六章　句型

第一節　句子及其分類

　　句子是按照一定語法規則組織的、具有句調、能夠表達一個相對完整意思的語言使用單位。前面幾章談到的詞、短語都是語言的備用材料，是靜態的、不具有交際功能；而句子則是動態的、具有交際功能。例如「滾」，本身只是一個動詞，一個靜態的語言存儲單位；但在一定的情境下，我們如果賦予它祈使語氣變成「滾！」，此時「滾！」就成為了一個句子，可用於現實會話，表達要求聽話人離開的意圖或表達說話人憤怒的情緒。此外，句子在交際過程中有時會出現倒裝、省略等動態變化，這也是詞或短語所不具備的。

　　句子的分類，通常從以下幾個角度出發：

　　1.按照句子的整體結構分類，首先可將句子分為單句和複句兩

大類。單句又分為主謂句和非主謂句兩個次類;複句又可分為聯合複句和偏正複句兩個次類。這種句子的結構類型,我們通常稱之為「句型」。

2.按照句子的某些共同特徵分類,可將句子分為「把」字句、「被」字句、存現句等。這種句子的特徵類型,我們通常稱之為「句式」。

3.按照句子的語氣分類,可將句子分為陳述句、疑問句、祈使句、感歎句四類。這種句子的語氣類型,我們通常稱之為「句類」。

4.按照句子謂語部分的語義類型,可將句子分為敘事句、描寫句、有無句、判斷句四類。

後三種句子類型,其他章節各有詳述。本章專門討論句型的問題。

第二節　單句

　　單句是由短語或單個的詞構成的句子。根據其內部構造及句法成分的配置情況，單句又可分為主謂句和非主謂句兩類。

一、主謂句

　　主謂句是由主謂短語構成的單句。根據謂語的構成材料，又可分為三類：

（一）動詞性謂語句

　　即由動詞或動詞性詞語充當謂語的單句。動詞充當謂語時，通常是不能「光杆」的，需要與狀語、補語或動態助詞等成分共現。

霧 ‖ 散了。	（動詞）
我們 ‖ 談談吧。	（動詞重疊式）
狼 ‖ 吃了小羊。	（動賓短語）
我 ‖ 去學校交作業。	（連謂短語）
經理 ‖ 派他出差。	（兼語短語）
她 ‖ 哭得很傷心。	（動補短語）
小王 ‖ 身材不錯。	（主謂短語）

（二）形容詞性謂語句

　　即由形容詞或形容詞性短語充當謂語的單句。性質形容詞充當謂語時，通常是不能「光杆」的，需要與狀語、補語或動態助詞等成分共現；性質形容詞或狀態形容詞的重疊式充當謂語時，後面時常要加「的」。

我 ‖ 老了。	（性質形容詞）
睫毛 ‖ 彎彎。	（性質形容詞重疊式）
牆壁 ‖ 雪白雪白的。	（狀態形容詞重疊式）

士林夜市 ‖ 很有名。　　　（狀語+形容詞）

他 ‖ 興奮得手舞足蹈。　　（形容詞+補語）

（三）名詞性謂語句

即由名詞或名詞性短語充當謂語的單句。

明天 ‖ 教師節。　　　　（單個名詞）

老人家 ‖ 今年九十八歲。（狀語+名詞）

她 ‖ 大大的眼睛。　　　（定中短語）

那雙鞋子 ‖ 一百元。　　（數量短語）

注意：名詞性謂語句一般是說明時間、天氣、籍貫、年齡、容貌、價格等情況的口語短句。在轉換為否定句時必須添加動詞，例如「明天（不是）教師節。」

有人將這一類句子看作省略了核心動詞「是」的省略句，例如把「今天星期天」視為「今天是星期天」的簡省。這樣看是不合適的。首先，此類句子在口語中極其常見，屬於一種慣常的表達，有時添加了動詞反而不那麼順口。如「芒果多少錢？」不宜說成「芒果是多少錢？」其次，如果把此類句子視為省略句，那麼不同句子中適宜添加的動詞不盡相同，不具備規律性。如「她（長著）大大的眼睛」「那雙鞋子（值）一百元」。

二、非主謂句

非主謂句是由單個的詞或主謂短語以外的其他短語構成的單句。這類句子所能表達的意義有限，往往出現在特定的交際場合中。根據非主謂句的構成材料，又可將其分為以下幾類：

（一）動詞性非謂語句

即由動詞或動詞性短語構成的單句。此類句子一般用來說明自然現象、提示新情況、表達請求或禁止等。

出太陽了。	（說明自然現象）
下班了！	（提醒出現新的情況）
祝你福如東海！	（表達祝願）
請勿隨地吐痰。	（表達禁止）
反對虐待動物！	（口號）

此外，一些動詞開頭的兼語句也屬於動詞性非主謂句。

有一種愛叫作放手。

是我把他打傷了。

注意：以前也稱動詞性非主謂句為「無主句」。這種叫法是有問題的。因為主語和謂語是相互依存的句法成分，一句話中沒有主語，也就沒有所謂的「謂語」。「非主謂句」中既然無法分析出主語和謂語，自然也不宜說它「沒有主語」或「沒有謂語」。

（二）形容詞性非主謂句

即由形容詞或形容詞性短語構成的單句。通常表示評價或感歎等。

不錯。	（表示評價）
太美了！	（表示感歎）
好的。	（表示同意）

（三）名詞性非主謂句

即由一個名詞或定中短語構成的單句。表示讚歎、稱呼、突然的發現等。

七月七日。晴。　　（日記或劇本裡的背景說明）

好精彩的比賽！　　（表示讚歎）

蛇！　　　　　　　（表示突然發現的事物）

老公！　　　　　　（表示呼喚、稱呼）

（四）感嘆詞句

即由感歎詞構成的單句。如「啊！」「哎喲！」

（五）擬聲詞句

即由擬聲詞構成的單句。如「啪！」「轟隆！」

注意：非主謂句不同於省略句。省略句是在一定的語境下省略主語或其他成分的句子，省略的成分是確定的，可依據上下文準確地補出來的。例如：

（你去哪兒？）　去哈爾濱。　（可以補上主語「我」）

（誰去？）　　　我。　　　　（可以補上謂語「去」）

可見，省略句一旦脫離具體語境，就無法表達清晰完整的意思。而非主謂句則不需要特定的語言環境就能表達完整而明確的意思。例如「上課了！」「下雨了！」，這些句子本身的語義是自足的，不需補出或無法補出所謂的「主語」。

第三節　複句

複句是由兩個或兩個以上意義相關、結構上互不包含的分句構成的句子。所謂「分句」，是指結構上與單句相同而缺乏完整、獨立句調的語法單位。

一、複句的特點

1.一個合格的分句，在形式上通常是由謂詞性短語構成的，而名詞性短語缺乏獨立性，不具備充當分句的資格。試比較：

　① 為了明天的幸福，我應該努力工作。

　② 為了明天更幸福，我應該努力工作。

其中，例①中的「明天的幸福」是定中短語，具有名詞性，故全句是單句，「為了明天的幸福」充當句首狀語；例②中的「明天更幸福」是主謂短語，具有謂詞性，故全句是複句。

在謂詞性短語中，主謂短語是最適合構成分句的，但通常會承前或蒙後省略重複的主語。例如：

　你是愛，是暖，是希望。　　　（承前省）

　吃過晚飯，我到公園裡散步。　（蒙後省）

有時也不省略主語，大多是為了取得排比或反復等修辭效果。例如：

　你是電，你是光，你是唯一的神話。（S.H.E *Super Star*）

　歷史是坎坷，歷史是幽暗，歷史是旋轉的恐怖，歷史是秘藏的奢侈，歷史是大雨中的泥濘，歷史是懸崖上的廢棄。（余秋雨《行者無疆》）

2.分句之間在結構上不能互相包含。試看以下幾種情況：

① 你有時間的話，就來找我。

② 我希望你有時間的話，就來找我。

③ 我們要放假的消息很快就傳開了。

④ 生存還是毀滅，這是個問題。

其中，例①是一個複句，兩個分句之間存在假設關係。例②雖然在結構上比例①複雜，但仔細觀察會發現，「你有時間的話，就來找我」充當了「希望」的賓語，故全句是一個單句。我們也稱這種「大句」中嵌套「小句」的複雜單句為「包孕句」或「子母句」。例③也是個包孕句，「我們要放假」充當「消息」的定語。例④中，「這」與「生存還是毀滅」存在複指關係，故全句是一個主謂謂語句，也不是複句。

3.分句之間通常要有停頓。有時，這種停頓（書面上使用逗號或分號）的有無是區分複句和單句的標誌。試比較：

① 他們吃了晚飯去散步了。

② 他們吃了晚飯，去散步了。

例①是單句，「吃了晚飯去散步」是連謂短語，充當全句的謂語；例②是複句，前後複句存在承接關係，後一分句承前省略主語「他們」。

但要注意，出於結構或語用的原因，一些單句也存在句內停頓的情況，此時要注意它們與複句的區分。例如：

③ 輕輕地，我將離開你。

④ 你哭著對我說，童話裡都是騙人的。

⑤ 這個人，我覺得，不太可靠。

這幾個例句中都有停頓,但仍是單句。例③為強調狀語而將其前置,例④屬於包孕句,例⑤中的「我覺得」是插說成分。這些停頓,都與表達的需求密切相關。

4.關聯詞語的使用,是複句的一個重要標誌。

關聯詞語,是起關聯作用的詞和短語的統稱。能夠用來連接複句中各分句的關聯詞語大概有以下幾類:

(1)連詞:如「因為、所以、不但、如果、與其」等。

(2)副詞:如「也、又、都、還、才、就」等。

(3)某些短語:如「一方面、另一方面、總而言之」等。

關聯詞語可以單獨使用,也可以成組搭配使用。例如:

風停了,雨也住了。	(副詞)
成也蕭何,敗也蕭何。	(副詞、副詞)
我很醜,可是我很溫柔。	(連詞)
雖然我很醜,可是我很溫柔。	(連詞、連詞)
她不但善良,還很溫柔。	(連詞、副詞)

需要注意的有兩點:

第一,有時複句中分句之間的語義關係,不用關聯詞語表示,我們稱之為「意合」。但使用關聯詞語可以讓分句之間的關係明確化。試比較:

① 情場失意,賭場得意。

② 一方面情場失意,一方面賭場得意。

③ 雖然情場失意,但是賭場得意。

④ 如果情場失意,就會賭場得意。

⑤ 只要情場失意,就會賭場得意。

例①中，兩個分句之間語義關係存在多種可能性。添加上不同的關聯詞語之後，它們語義關係能夠比較明確地分化出來。如例②表示並列關係，例③表示轉折關係，例④表示假設關係，例⑤表示條件關係。

第二，關聯詞語的使用，通常是複句的標誌。但包含關聯詞語的句子，也不一定就是複句。因為關聯詞語除了能夠連接分句之外，還可以連接詞或短語等。試比較：

⑥ 我暑假打算去上海或者北京。

⑦ 你去上海，或者去北京。

例⑥是單句，「或者」連接的是兩個名詞；例⑦是複句，「或者」連接了兩個分句。

二、複句的類型

從分句間的語義關係出發，可將複句分為聯合複句和偏正複句兩個大類。聯合複句內各分句間地位上平等，無偏正之分。偏正複句內分為偏句和正句兩個部分，偏句處於從屬地位，具有說明、限制正句的作用。

（一）聯合複句

聯合複句又可分為並列、遞進、承接、解說、選擇五個次類。

1.並列複句

各分句分別敘述或描寫相關的幾件事情、幾種情況或同一事物的幾個方面。又可分為平列型和對舉型兩個小類。

（1）平列型：分句間表示的幾件事情或幾個方面平行並立。

常用的關聯詞語包括：「既x，又（也）y」「又（也）x，又（也）y」「有時x，有時y」「一會兒x，一會兒y」「一邊x，一

邊y」「一方面x，（又/另）一方面y」「同時」「同樣」「另外」「也」「又」等。例如：

①理想中的學者，既能博大，又能精深。

②龍生龍，鳳生鳳，老鼠的兒子會打洞。（意合）

（2）對舉型：分句間表示的幾件事情或幾個方面相互對比或對立。

常用關聯詞語包括：「不是x，而是y」「是x，不是y」等。例如：

③女生是喜歡長得壞壞的男生，不是喜歡長壞了的男生。

④虛心使人進步，驕傲使人落後。（意合）

2.遞進複句

前面分句提出某種情況，後面分句在範圍、數量、程度、時間等方面更進一層。又可分為累加型、反向型和襯托型三個小類。

（1）累加型：這是最常見的一類。後面分句在意思上較前面分句層層累進。

常用的關聯詞語包括：「不但（不止/不光）x，而且y」「而且」「並且」「甚至」「甚至於」「更」「還」等。例如：

①我想成為你的同事，更想成為你的朋友。

②他不但精通英文，而且精通中文，甚至懂一些法文。

（2）反向型：前面分句通常是否定性的，後面從肯定的角度將句意進行反向推進。常用的關聯詞語包括：「不但x，反而y」等。例如：

③她不但沒有被感動，反而大發雷霆。

④ 不以為恥，反以為榮。

（3）襯托型：前面分句是後面分句的襯托，後面分句的意思更進一層，全句含有略微誇張的意味。

常用的關聯詞語包括：「別說（莫說/不要說）x，連y」「尚且」「何況」「更不用說」等。例如：

⑤ 老子進城吃館子都不花錢，何況吃你幾個爛西瓜？

⑥ 別說吃飯了，連午休都不允許。

3.承接複句

又稱「順承複句」或「連貫複句」。各分句依次敘述連續發生的幾個動作或幾種情況。分句之間在時間或空間上有先後相承的關係，一般不能改變次序。又可分為空間型和時間型兩個小類。

（1）空間型：通常依照觀察者著眼的順序，採用意合的方式對分句進行排序。例如：

① 從前有座山，山裡有座廟，廟裡有個老和尚。

② 遙遠的夜空有一個彎彎的月亮，彎彎的月亮下面是那彎彎的小橋。

（2）時間型：各分句在時間上存在承接關係。有時分句之間只是單純的時間承接，有時則蘊含了邏輯事理的語義關聯。常用的關聯詞語包括「首先（先）x，然後（再/又）y」「一x，就y」「剛x，又y」「然後」「後來」「接著」「繼而」「最後」「就」「再」「又」等。例如：

③ 我們上午參觀故宮，中午就近吃飯，下午遊覽頤和園。（時間承接）

④ 你先請我吃飯，然後我再考慮是否原諒你。（邏輯承接）

4.解說複句

各分句間存在解釋或說明關係。分句間大多不用關聯詞語，偶爾在後一分句前面單用「即」「也就是說」等關聯詞語。又可細分為解說型和總分型兩個小類。

（1）解說型：通常是後面分句對前面分句進行解說。例如：

① 她是個工作狂，也就是說，她把全部的精力都投入到工作中去了。

② 孔乙己再沒有出現，他大約真的死了。（意合）

（2）總分型：幾個分句之前存在總說和分述的關係。例如：

③ 朋友分為兩種：一種是一輩子的，一種是一杯子的。（先總說，後分述）

④ 劉四爺打外，虎妞打內，父女倆把人和車廠治理得鐵筒一般。（先分述，後總說）

5.選擇複句

各分句分別說出幾個待選項，讓人從中作出選擇。又可分為任選型、限選型和決選型三個小類。

（1）任選型：在若干選項中，聽話人可以任意選擇。常用的關聯詞語包括「或者x，或者y」「是x，還是y」「或者」「或」「還是」等。例如：

① 是默然忍受命運暴虐的毒箭，還是挺身反抗人世無涯的苦難？

② 或者你去，或者他去，或者你和他一起去。

（2）限選型：可提供的選項只有兩個，聽話人只能選擇其一。常用的關聯詞語是「不是x，就是y」。例如：

③ 不是你死，就是我亡。

（3）決選型：形式上雖然提供了兩個選項，但實際的選擇已定。常用的關聯詞包括「與其x，不如y」「寧可x，也不y」等。例如：

④ 與其跪著生，不如站著死。　（取後捨前）

⑤ 寧可站著死，也不跪著生。　（取前捨後）

（二）偏正複句

偏正複句可分為因果、轉折、條件、假設、讓步、目的等六個次類。

1.因果複句

偏句與正句存在因果關係，偏句指出原因或理由，正句指出結果。根據正句的性質，又可分為說明型和推斷型兩個小類。

（1）說明型：偏句說明原因，正句說明該原因所產生的結果。常用的關聯詞語包括「因為（由於）x，所以（於是）y」「之所以x，是因為y」「於是」「因為」「由於」「所以」「因而」「因此」「從而」「以致」「以致於」等。例如：

因為你太調皮了，所以他不喜歡你。

之所以他不喜歡你，是因為你太調皮了。

因為你太調皮了，他不喜歡你。

你太調皮了，所以他不喜歡你。

他太優柔寡斷，以致於坐失良機。

慈禧太后屬羊，把「羊肉」叫作「福肉」。（意合）

注意：第一，「因為」經常與「所以」搭配使用，但不跟「因

此」搭配。單用「因為」時，側重強調原因；單用「所以」時，側重強調結果。第二，「以致」和「以致於」通常用於結果不如意的情況。

（2）推斷型：偏句提出理由或依據，正句表示由此推斷出來的結論。常用的關聯詞語：包括「既然x，那麼（就）y」「既然」「那麼」「可見」「就」等。例如：

　　① 既然外面下雨了，我們就別去打球了吧。

　　注意說明型與推斷型兩種因果複句的區別：前者的正句陳述的是客觀結果，是既成事實；後者的正句陳述的是主觀推論，往往具有建議性。試將例①與下面的例②進行比較：

　　② 因為外面下雨了，所以我們沒有去打球。

2.轉折複句

　　偏句陳述一個事實，正句沒有順著偏句的意思往下說，而是轉向相反或相對的方向。其中，正句是說話人要表達的關鍵意思所在。根據轉折的程度，又可分為重轉型和輕轉型兩個小類。

　　（1）重轉型：正句表達的意思與偏句截然相反，轉折強烈。常用的關聯詞語包括「雖然x，但是（可是/卻/也）y」「雖然」「縱然」「但是」「然而」「卻」等。例如：

　　① 嘴上雖然不說，心裡卻不太高興。
　　② 嘴上不說，心裡卻不太高興。
　　③ 嘴上雖然不說，心裡不太高興。
　　④ 心裡不太高興，雖然嘴上不說。

「雖然」常與「但是（可是、卻）」搭配使用表達重轉，如例

151

①；有時單用其一，語氣略微緩和，如例②與例③；有時正句會移至偏句前面，此時是為了突顯正句，偏句則具有補充說明作用，如例④。

（2）輕轉型：正句與偏句之間轉折的意味不那麼強烈，語氣比較委婉。通常在正句之前使用「只是」「就是」「不過」「倒」「則」「而」等關聯詞語。例如：

⑤ 我在外面辛苦工作，你在家裡倒優哉游哉。

⑥ 天青色等煙雨，而我在等你。

3.條件複句：偏句提出前提條件，正句表示在滿足條件的情況下所能產生的結果。根據條件的不同性質，又可分為充分型、必要型和任意型三個小類。

（1）充分型：偏句表示正句的充分條件，即具備了偏句所說的條件，就能產生正句所說的結果。並不排斥在其他條件下，該結果實現的可能性。常用的關聯詞語包括「只要x，就（便）y」「只要」「便」「就」等。例如：

① 只要認真讀書，就會取得好成績。

② 只要功夫深，鐵杵磨成針。

（2）必要型：偏句表示正句的必要條件，即具備了偏句所說的條件，才能產生正句所說的結果。不滿足該條件，就不會產生該結果。常用的關聯詞語包括「只有（除非）x，才y」「才」。

③ 只有認真讀書，才會取得好成績。

④ 除非你答應我的條件，我才會幫你。

（3）任意型：偏句表示排除一切條件，正句表示在任意條件

下都會產生同樣的結果。常用的關聯詞語包括「無論（不管）x，都（也）y」等。例如：

⑤ 不管多辛苦，我都無怨無悔。

⑥ 無論你是誰的兒子，也要遵紀守法。

4.假設複句

偏句提出某種假設前提，正句表示這種假設所能帶來的結果。根據假設與結果的關係，又可分為「順接型」和「反接型」兩個小類。

（1）順接型：偏句提出的假設一旦成真，正句所表示的相應結果就會出現。假設與結果具有順向接續關係。常見的關聯詞語包括「如果（萬一/一旦）x，就（那麼）y」「如果」「萬一」「一旦」「倘若」「假如」「就」「則」「那麼」「那樣」等。例如：

① 如果你明天臨時有安排（的話），就請提前打電話通知我。

② 萬一他死了，我也不願苟活。

③ 有什麼困難，我們一定幫你解決。（意合）

注意：第一，「萬一」「一旦」所表示假設情況發生幾率較低，但通常是不妙的。第二，口語中，順接型假設複句的偏句末尾有時會附帶「的話」。

（2）反接型：全句提出一個與事實截然相反的假設，然後指出這種假設成立的話，會帶來何種結果（通常是不良後果）。常用的關聯詞語包括「若非（要不是/若不是）x，就y」「不然」「否則」「要不然」等。例如：

④ 要不是老闆慈悲，你早就被炒魷魚了。

⑤ 幸虧我眼疾手快，否則早就沒命了。

注意：第一，反接型假設複句與說明型因果複句實際上是分別從假設和現實兩種角度說明同一種因果關係，因此兩者可以相互轉換。如④和例⑤可以分別轉換為下面的例⑥和例⑦：

⑥ 因為老闆慈悲，你才沒有炒魷魚。
⑦ 因為我眼疾手快，所以才保住了性命。

第二，「除非」有時可與「不然」或「否則」搭配使用，構成一種同時包含條件和假設意味的複句。例如：

⑧ 除非全世界的男人都死光了，否則我也不會考慮你的。

例⑧的含義相當於「就算全世界的男人都死光了，我也不會考慮你的。」

5.讓步複句

偏句先退一步，承認某種事實，正句則提出不因事實而改變的結論。又可分為事實型和假設型兩個小類。

（1）事實型：偏句所提出的事實是既已實現的。常用的關聯詞語包括「儘管（固然）x，但是（可是/也）y」「但是」「可是」等。例如：

① 成功固然可喜，失敗也不可怕。
② 儘管這事是他不對，可你也不能得理不饒人哪。

注意：重轉型轉折複句的偏句也包含著很大程度的讓步意味，通常可以與事實型讓步複句互相轉換。如例①和例②可以分別轉換為下面的例③和例④：

③ 成功雖然可喜，失敗也不可怕。

④ 雖然這事是他不對，可你也不能得理不讓人哪。

（2）假設型：偏句把假設前提當作既成事實承認下來，正句則提出假設是否為真都無法改變的結論。常用的關聯詞語包括「即使（即便/哪怕/縱然/就算/再）x，也y」「也」等。例如：

⑤ 前面縱然是刀山火海，我也毫不畏懼。

⑥ 沒有困難，製造困難也要上。

注意：第一，假設型讓步複句同時包含假設與讓步的意味，因此也可歸為假設複句的一個小類。第二，假設型讓步複句與轉折複句都包含轉折意味，但前者的偏句表示的是一個假設前提，而後者的偏句表示的是既成事實。試比較：

⑦ 就算昨晚我來了，也幫不上什麼忙。　　（讓步複句）

⑧ 雖然昨晚我來了，也沒幫上什麼忙。　　（轉折複句）

6.目的複句：偏句表示某種行為，正句表示該行為的目的。又可分為積極型和消極型兩個小類。

（1）積極型：表示希望得到某種結果或達到某種目的。常用的關聯詞語包括「以便」「以求」「為的是」「為了」「好」「好讓」等。例如：

① 為了取得更優異的成績，我們要加緊訓練。

② 我們要加緊訓練，為的是取得更優異的成績。

（2）消極型：表示避免得到某種結果或避免發生某種情況。常用的關聯詞語包括「以免」「省得」「免得」「以防」「謹防」等。例如：

③ 網路交友要慎重，以防受騙上當。

三、緊縮複句

（一）緊縮複句的特徵

緊縮複句是複句的一個特殊類型，在一般複句的基礎上緊縮而成。它在形式上取消了分句間的語音停頓，一些次要的詞語也得到刪減。故與原句相比，顯得言簡意賅、明快精練，更適用於口語表達，許多緊縮複句甚至已經凝練為口頭俗語。試比較：

① 你即使不想去，也得去。　　　　　　　　（一般複句）

→ 你不去也得去。　　　　　　　　　　　　（緊縮複句）

② 雖然面子上保持和氣，但內心意見不合。（一般複句）

→ 面和心不合。　　　　　　　　　　　　　（緊縮複句）

（二）緊縮複句的類型

根據緊縮複句中所出現的關聯詞語的數量，可以將緊縮複句分為三類：

1.使用成對的關聯詞語：

不x不y	不吐不快。	（假設關係）
不x反y	不怒反笑。	（遞進關係）
不x也y	不死也得脫層皮。	（讓步關係）
再x也y	再苦也甘心。	（讓步關係）
越x越y	越搔越癢。	（條件關係）
非x不y	非去不可。	（條件關係）
一x再y	一忍再忍。	（承接關係）
非x即y	非死即傷。	（並列或讓步關係）
一x就（便）y	一點就通。/一望便知。	

　　　　　　　　　　　　　　　　　　　（承接或條件關係）

2.使用單個的關聯詞語

因　　因愛生恨。　　　　　　　　（因果關係）

才　　失去後才懂得珍惜。　　　　（條件關係）

卻　　想哭卻哭不出來。　　　　　（轉折關係）

就　　摺爪就忘。　　　　　　　　（條件或假設關係）

一　　一失足成千古恨。/雄雞一叫天下白。

　　　　　　　　　　　　　　（假設關係/承接關係）

都　　喝涼水都塞牙。/誰來都沒用。（讓步關係/條件關係）

也　　說了你也不懂。/沒時間也參加了。

　　　　　　　　　　　　　　（讓步關係/轉折關係）

又　　不說又難受。/看了又看。/贏了世界又如何？

　　　　　　　　　　　　（轉折關係/承接關係/假設關係）

3.不使用關聯詞語：分句與分句直接黏合在一起，中間無明顯的停頓，書面上也不用標點隔開。我們對分句之間的關係要多加揣摩。

沒話找話。　　　　　　　　　　（轉折關係）

嘴硬心軟。　　　　　　　　　　（轉折關係）

好歹說句話。　　　　　　　　　（條件關係）

人見人愛。　　　　　　　　　　（條件關係）

誰用誰說好。　　　　　　　　　（條件關係）

打是親罵是愛。　　　　　　　　（並列關係）

有話好好說。　　　　　　　　　（假設關係）

雲破月來。　　　　　　　　　　（承接關係）

指哪打哪。　　　　　　　　　　（承接或條件關係）

有心不怕遲。　　　　　　　　　（假設或條件關係）

不蒸饅頭爭口氣。　　　　　　　（並列或轉折關係）

一問三不知。　　　　　　　　　（轉折或承接關係）

四、多重複句

（一）一重複句與多重複句

從複句包含的結構層次數量出發，可將複句分為一重複句和多重複句兩大類。

一重複句，即內部只包含一個層次的複句。該類複句，絕大多數由兩個分句構成；少數聯合複句也可以由多個分句構成，其內部幾個分句之間的關係是一次性同步結合的。例如：

① 幽默是一種涵養；幽默是一種氣質；幽默是一門學問；幽默是一種境界。

（並列複句，四個分句之間存在平列關係）

② 我們寒暄過，喝過茶，吃過粥，就預備出門。

（承接複句，四個分句之間存在時間上的承接關係）

多重複句，即內部包含兩個或兩個以上層次的複句。根據層次的數量多少，又可細分為二重複句、三重複句、四重複句等。多重複句至少由三個分句構成，且分句之間能夠區分彼此的疏密程度以及結合的先後次序。

（二）多重複句的分析方法

既然多重複句具有結構層次性，那麼層次分析法同樣適用於多重複句的結構分析。只是短語的層次分析關注短語內部各層級的構造，逐層切分，到詞為止；直接成分之間的關係包括主謂、動賓、聯合等類型。複句的層次分析則關注複句內部各層級的構造，逐層切分，到分句為止；分句之間的關係包括因果、假設、承接等類型。

1.多重複句分析的基本步驟

第一步，綜觀全句，確定分句的數目及彼此界限；

第二步，揣摩全句語義，辨析關聯詞語，逐層分析分句之間的搭配關係；

第三步，在分析過程中，仍要堅持「從大到小，基本二分」的層次分析法基本原則；

第四步，採用恰當直觀的表現方法以呈現分析結果。

2.多重複句內部層次的表示法

我們至少可以採用三種圖解的方法，來表示多重複句的內部結構層次。以「再窮，不能窮教育；再苦，不能苦孩子。」這句話為例：

（1）原句加線法

在原句句內加豎線標記層次，第一層次用單豎線「|」表示，第二層次用雙豎線「||」表示，以此類推；在豎線上方或左右寫明層次關係。

再窮，（讓||步）不能窮教育；（並|列）再苦，（讓||步）不能苦孩子。

或者：讓步　　　　　並列　　讓步

再窮，||不能窮教育；|再苦，||不能苦孩子。

（2）框式圖解法

先用序號在各分句之前或之後標註其線性次序；然後脫離原句，以序號代表原來各分句，在此基礎上用加底框的方式來圖解全句層次，框間表明層次關係，框內標註各分句序號及分句中出現的關聯詞語。

可採取「切分式圖解法」：

　　㊀再窮，㊁不能窮教育；㊂再苦，㊃不能苦孩子。

或者「組合式圖解法」：

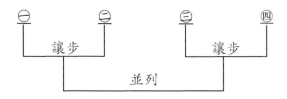

（3）劃線分析法

　　先用序號在各分句之前或之後標註其線性次序；然後脫離原句，以序號代表原來各分句，在此基礎上用加豎線的方式來圖解全句層次，第一層次用「|」表示，第二層次用「‖」表示，以此類推；在豎線上方或下方寫明層次關係。

　　再窮（A），不能窮教育（B）；再苦（C），不能苦孩子（D）。

　　　A　‖　　B　｜　C　‖　D
　　　　讓步　　　　並列　　　讓步

　　綜合來看，三種表示法形式不同，但本質無別。其中，以「原句加線法」操作最為便捷，但複句往往文長字冗，在原句上隨文加線標註容易讓人眼花繚亂，首尾不能相顧；「框式圖解法」與短語的層次分析在形式上最為相近，但失之繁瑣；故建議採取「劃線分析法」，該法相對簡明，容易看清全句梗概。

3.多重複句的分析要領

較之短語的層次分析，複句的層次分析原理相同而操作相對簡單，不難把握。但在實際分析過程中，我們可能會遇到一些分句較多、分句間關係錯綜複雜的多重複句。分析此類複句，有以下要領：

（1）宏觀把握句意

要善於宏觀著眼，以簡馭繁，不糾結於局部枝節，弄清全句的主幹內容。必要時可以用代詞代入的方式，以便對全句整體把握。例如：

① 年輕的時候，因為羞怯，因為很多奇怪的顧慮，有些話始終沒能說出來，有些要求也始終沒敢提出來，白白地錯過了那麼多個美妙的夜晚。（席慕蓉《槭樹下的家》）

經分析，全句的核心意思可以概括為「因為如何，白白地錯過了那麼多個美妙的夜晚」，因此第一層應該是因果關係，切分位置在「白白地」之前。明確了全句主旨，就為接下來的分析打下了良好的基礎。

（2）善用提示信息

要善於藉助句中出現的標點符號、關聯詞語等各種提示信息來判斷多重複句的層次和關係。

多重複句中的各分句間經常使用的標點符號，除了逗號（，）之外，還有冒號（：）和分號（；）。它們表示的停頓時間長短依次是冒號＞分號＞逗號，而停頓時間的長短通常也恰好體現了分句之間包含關係。因此，如果一個複句中同時出現了這幾種標點符號，原則上可將其作為劃分層次的依據。例如：

② 幽默和滑稽、諷刺的境界不是分相同（Ａ）：人與人之間，彼此發現了愚蠢，不覺失笑，這是滑稽（Ｂ）；受了命運的作弄，而不能反抗，只好冷笑一下，這是俏皮（Ｃ）；不肯屈服，而又無力反抗，只好苦笑一下，這是諷刺（Ｄ）；看穿了人生的悲劇，寄予無限的同情，乃是幽默（Ｅ）。（林語堂《浮生若夢》）

該例由五個分句構成，內部出現了冒號、分號、逗號三種標點符號。根據標點符號所表示的停頓時間長短，可知全句的結構層次如下：

A　｜　B　‖　C　‖　D　‖　E
　解說　　　並列　　　並列　　　並列

分句中出現的關聯詞語也具有提示層次的作用，可將其作為判斷層次關係的依據。此外，關聯詞語都有一定的管轄範圍，或統領一個分句，或統領若干分句。因此，要仔細分析每個關聯詞語的管轄範圍，尤其要能抓出一個多重複句內部首尾呼應的一對關聯詞語，如此全句的結構也就明確了。例如

③ 如果西湖只有山水之秀和林壑之美（Ａ），而沒有岳飛、于謙、張蒼水、秋瑾這班氣壯山河的民族英雄（Ｂ），沒有白居易、蘇軾、林逋這些光昭古今的詩人（Ｃ），沒有傳為佳話的白娘子和蘇小小（Ｄ），那麼可以設想，人們的興味是不會這麼濃厚的（Ｅ）。（于敏《西湖即景》）

該例由五個分句構成，出現的關聯詞語依次有「如果」「而」「那麼」。經分析，「如果」與「那麼」前後呼應，統攝全句；「而」的管轄範圍包括B、C、D三個分句。可知全句的結構層次如下：

A ‖ B ⫴ C ⫴ D │ E

　　轉折　　　並列　　　並列　　　　假設

（3）添加關聯詞語

有些口語性質的多重複句內部罕用關聯詞語，各分句之間以意合為主。此時，我們要更多地從邏輯事理的角度來分析分句之間的關係。必要時，可嘗試添加恰當的關聯詞語以幫助推斷。例如：

　　④ 單身的女人一定要買一張好床（A）：兩個人在一起睡哪兒都無所謂（B），床不要都行（C）；一個人，孤獨、寂寞、冷（D），不買張好床撫慰自己（E），日子得過的有多悲涼（F）。（《離婚律師》台詞）

該例由六個分句構成，但不包含關聯詞語。我們可以嘗試在各分句中添加符合邏輯的關聯詞語如下：

　　單身的女人一定要買一張好床：（因為）兩個人在一起睡哪兒都無所謂，（甚至）床不要都行；（而）一個人，孤獨、寂寞、冷，（如果）不買張好床撫慰自己，（那麼）日子得過的有多悲涼。

添加關聯詞語之後，句意顯豁不少。經分析，可知全句的結構層次如下：

A │ B ⫴ C ‖ D ⫴ E ⫸ F

　　因果　　遞進　　轉折　　　因果　　　假設

五、句群

（一）句群的含義和類別

句群也叫「句組」或「語段」，是由幾個前後連貫、共同表達

一個中心意思的、各自獨立的句子組成的語言使用單位。

漢語的語法單位分為語素、詞、短語和句子四個層級。句群實際上是大於句子的。因此嚴格來說，句群並不能算作語法單位。但從文章學的角度來看，句群和句子是構成段落和篇章的基本材料。可以說，句群一頭聯繫著句子，一頭聯繫著篇章，在語言運用上有著特殊的重要地位。

由於句群與複句具有極高的相似度和相關度，在此對句群作簡單的論述。

依照句群內部的句際關係，可將句群分為並列、遞進、承接、解說、選擇、因果、轉折、條件、假設、讓步、目的等十一類。上述分類，與複句分類的角度和結果都是一致的。例如：

① 問題並不在有幾成機會，而在於你能把握機會。若是真的能完全把握機會，一成機會也已足夠。（古龍《流星・蝴蝶・劍》）

② 每想你一次，天上飄落一粒沙，從此形成了撒哈拉。每想你一次，天上就掉下一滴水，於是形成了太平洋。（三毛《撒哈拉的故事》）

③ 見了他，她變得很低很低，低到塵埃裡。但她心裡是歡喜的，從塵埃裡開出花來。（張愛玲《今生今世》）

其中，例①是因果句群；例②是並列句群；例③是轉折句群。

（二）多重句群

根據句群內部包含的結構層次數量，可將句群分為一重句群和多重句群兩類。多重句群的分析方法與多重複句基本相同。例如：

① 所謂失敗，只是成功的第一步（A）。成功也許只要兩

步，那失敗就是成功的一半；成功也許需要十步，那失敗就成功了十分之一（Ｂ）。所以，不要把失敗孤立起來看，要把失敗當成功的一段、成功的前段來看，把失敗和成功連續起來一起看（Ｃ）。（李敖《北京法源寺》）

該例由三個句子構成，出現的關聯詞語有「所以」。經分析，可知全句的結構層次如下：

A ‖ B | C
　解說　　　因果

② 世事離戲只有一步之遠（Ａ）。人生離夢也只有一步之遠（Ｂ）。生命最有趣的部分，勝過演戲與做夢的部分，正是它沒有劇本、沒有彩排、不能重來（Ｃ）。生命最有分量的部分，正是我們要做自己，承擔所有的責任（Ｄ）。（林清玄《戲與夢》）

該例由四個句子構成，沒有出現關聯詞語。經分析，可知全句的結構層次如下：

A ‖ B | C ‖ D
　並列　　　轉折　　　並列

（三）句群與複句

句群與複句，既有區別，又有聯繫。

二者的區別體現在：

第一，二者的構成單位不同：句群的構成單位是句子，各句子具有一定的獨立性，彼此關聯相對鬆散；複句的構成單位是分句，各分句不具備獨立性，彼此關聯相對緊密。

第二，二者的語調和語音停頓不同：句群包含幾個句調，語氣

可以前後一致，也可以發生變化；複句不論包含幾個分句，結構關係多麼複雜，都只有一個貫穿全句的統一句調。相應地，二者內部的語音停頓也有差別：句群中各句子之間的語音停頓，是隔離性的，一般都較長，書面上都使用句末點號（句號、問號或感嘆號）來隔開；複句內部各分句之間的語音停頓，是間歇性的，一般都較短，書面上都用句內點號（逗號、分號或冒號）來隔開。

第三，二者的關聯詞語用法不同：句群中各句子之間除表示並列關係（如「一方面x，另一方面y」）、選擇關係（如「或者x，或者y」）、承接關係（如「首先x，然後y」）有時成對使用關聯詞語以外，一般只在後面句子的開頭單用一個承前的關聯詞語；複句中各分句之間常常成對使用關聯詞語。

二者的聯繫體現在關係類型和組合方式的高度接近。因此在一定語境下，二者存在變換關係。例如：

① 你可以一輩子不登山，但你心中一定要有座山（A）。它使你總往高處爬，它使你總有個奮鬥的方向，它使你任何一刻抬起頭，都能看到自己的希望（B）。（劉墉《方向》）

該句群由兩個句子組成，A句說出一個論點，B句解釋這樣說的原因。如果把A句末尾的句號改為冒號，句群就變成了複句。此時，A、B各自的獨立性減弱，彼此的依賴性得到了強化。

當然，句群和複句由於表達需要、自身結構及上下文語境等因素的制約，一般也是不能隨意轉換的。例如：

② 我想有一個家，家前有土，土上可種植絲瓜，絲瓜可沿竿而爬，迎光開出巨朵黃花，花謝結果，累累棚上。（龍應台《慢看》）

該複句中，各分句所表達的內容具有很強的承接性，在語義邏輯上也是緊密關聯的。如果改為句群「我想有一個家。家前有土。土上可種植絲瓜。絲瓜可沿竿而爬。……」，分句之間的連貫性就遭到了破壞，這樣是極不妥當的。

第七章　句式

　　句式是根據單句的某種共同特徵歸納得來的句子類型。這些
「共同特徵」，大多集中體現在動詞謂語句的謂語部分。句式是
一個開放類，可以根據研究需要進行靈活的歸納。句型與句式的關
係，大體可以用下圖表示：

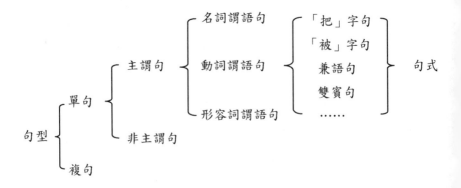

因此，句式基本上可視為動詞謂語句的「下位句型」，本質上屬於句型中富於特點的一個次類。句式的命名，通常從以下幾類「共同特徵」出發：第一，句子中出現的某個特殊字詞，例如「把」字句、「被」字句等；第二，謂語部分包含的某個特殊結構，例如雙賓句、連謂句等；第三，句子所表達的某個特殊語義範疇，例如比較句、存現句等。

第一節　幾種常見的句式

一、「把」字句

「把」字句指在謂語動詞之前用介詞「把」（有時用「將」）引介相關對象構成介詞短語來充當狀語的一種主謂句。因在意義上大多表示對相關對象加以處置，故又稱「處置式」。這種「處置」，既可能是一種客觀處置，也可能是一種主觀處置。例如：

> 我把小偷打了一頓。　　　（客觀處置）
> 我把她當成親妹妹。　　　（主觀處置）

（一）「把」字句的基本特徵

1.謂語動詞一般應是及物動詞，並且具有較強的動作性，能對「把」所引介的成分施加主動影響。例如「把飯吃了」，其中「吃」是及物動詞，能夠支配「飯」。因此，不及物動詞（如「游泳」「死」）、能願動詞（如「可以」「能」）、心理動詞（如「希望」「相信」）、判斷動詞（如「是」）、趨向動詞（如「下來」）、存現動詞（如「有」）等不能用來作謂語動詞。

2.謂語動詞通常不能是「光杆」的，或是需要自身重疊，或是

需要前後附有其他成分，如狀語、補語、賓語、動態助詞等，用來傳達處置結果等信息。例如：

> 把情況說說　　　　（動詞重疊）
>
> 把根留〈住〉　　　　（後接補語）
>
> 把盤子端著　　　　（後接動態助詞）
>
> 把錢〔往兜裡〕揣　　（前接狀語）

只有謂語動詞為動補型的雙音節動詞時，才可以是「光杆」的。這是因為該類動詞自身包含了動作結果信息。例如：

> 把暴政推翻
>
> （雙音詞「推翻」中，「翻」表示「推」的結果）
>
> 把戰果擴大
>
> （雙音詞「擴大」中，「大」表示「擴」的結果）

此外，在一些韻文中，受格式及韻律的限制影響，偶爾允許出現謂語動詞「光杆」的情況，如「夫妻雙雙把家還」。

3.「把」所引介的成分，一般在意念上是有定的、已知的人或事物，是上下文出現過或在具體語境中為交際雙方所知道的。因此前面可以加上「這、那」等表定指的代詞，而不宜加上「一、某」等表不定指的詞語。例如：「把筆給我」可以說成「把這/那支筆給我」，而不能說成「*把一/某支筆給我」。

有時「把」字後面的詞語包含表不定指的成分，這又分為兩種情況：

一種情況是說話人認為所指的對象是明確的，只是沒必要跟聽話人具體指出。如「我開車時把一棵樹撞倒了」。

另一種情況是說話人講述一般的常理。如「不要隨便把一個陌

生人帶回家」。

4.否定詞、能願動詞、時間名詞、副詞等只能置於「把」字之前。例如：

　　我沒把大門關好。　　　↛ * 我把大門沒關好。

　　她昨天把作業寫完了。↛ * 她把作業昨天寫完了。

（二）「把」所引介成分的語義類型

1.典型的「把」字句中，「把」所引介的成分是謂語動詞的受事，此時「把」字句通常可以跟不用「把」的一般主謂句相互轉換。

　　你把我灌醉了。　　　　　　←→ 你灌醉了我。

　　我明天可以把這本書看完。←→ 我明天可以看完這本書。

2.「把」引介的成分是補語成分的施事，而與謂語動詞沒有直接的語義聯繫。此時，謂語動詞可以是不及物動詞。

　　她把眼睛哭紅了。　　（「她哭」，結果是「眼睛紅了」）

　　孩子把鞋跑丟了。　　（「孩子跑」，結果是「鞋丟了」）

3.「把」引介的成分是謂語動詞的施事。此類「把」字句通常表示不如意的情況。

　　偏又把鳳丫頭病了。　　把犯人跑了。

4.「把」引介的成分是謂語動詞所表示動作行為發生的處所。

　　把整個台灣走遍了。　　把院子種滿花草。

　　注意：多數謂語部分包含動賓結構的主謂句，可以轉換為相應的「把」字句。例如「她丟了錢包」可以變為「她把錢包丟了」。因此，有人將「把」字句視為這些主謂句的變體，將「把」的介引

成分視為謂語動詞的「前置賓語」。但這樣看是不合適的，因為很多「介引成分」在一定的句子格式裡不能「還原」到動詞後面，否則讀起來不順暢，甚至不成話。

> 把悲傷留給自己。　→　？留悲傷給自己。/留給自己悲傷。
> 把食物放在冰箱裡。→　？放食物在冰箱裡。
> 把犯人跑了。　　　↛　*跑犯人了。
> 把院子種滿花草。　↛　*種院子滿花草。/種滿院子花草。

　　因此，「把」字句應視為一種獨立的句式，不宜視為某些主謂句的特殊變體。

二、「被」字句

　　「被」字句是在謂語動詞之前用介詞「被」（或「叫」「給」「讓」「為」）引介施事或單用「被」表示被動的一種主謂句。

（一）「被」字句的幾種格式

　　「被」字句的變化形式比較豐富，大致可歸納為以下四種：

　　1.完整格式：句中包含「被」及施事。如「她的錢包被小偷偷了。」

　　2.省略格式：句中省略施事。如「她的錢包被偷了。」

　　3.文言格式：句中包含文言化助詞「所」，與「為/被」呼應，此時施事必須出現。如「我們不能為/被花言巧語所迷惑。」

　　4.口語格式：句中包含口語化助詞「給」，此時施事必須出現，如「她的錢包被小偷給偷了。」；或用口語化介詞「叫/讓」來替代「被」，此時施事也必須出現。如「她的錢包讓/叫小偷偷了。」

（二）「被」字句的基本特徵

「被」字句的特點跟「把」字句很接近，可以對照來看。

1.謂語動詞一般應是及物動詞，並且具有較強的動作性，能對主語施加影響。

2.謂語動詞通常不能是「光杆」的，前後通常要附有其他成分。

　　難題被我們〔及時〕解決。　　（前接狀語）
　　差點被你嚇〈死〉。　　　　　（後接補語）
　　這個麵包被老鼠啃過。　　　　（後接動態助詞）

但這種限制沒有「把」字句嚴格。無論謂語動詞是單音節的還是雙音節的，「光杆」的情形都相對常見。例如：

　　兩千年來，他們屢被異族征服。
　　（雙音詞「征服」中，「服」表示「征」的結果）
　　這種工作經常會被人誤解。
　　（雙音詞「誤解」中，「誤」修飾「解」）
　　他在國外被殺／害／搶／騙／抓。（單音節動詞）

3.主語一般在意念上是有定的、已知的人或事物，因此允許前加「這、那」等表定指的代詞，而排斥「一、某」等表不定指的詞語。例如：「房子被他賣了」可以說成「這套房子被他賣了」，而不宜說成「？一套房子被他買了」。

有時，主語包含表不定指的詞語，但說話人認為所指的對象是明確的。例如「樹上的一隻鳥被我嚇跑了。」

4.否定詞、能願動詞、時間名詞、副詞等只能置於「被」字之前。例如：

你們千萬不要被他騙了。　✗　＊　你們被他千萬不要騙了。
他經常被老師批評。　　　✗　＊　他被老師經常批評。

三、「是」字句

「是」字句是由判斷動詞「是」充當謂語動詞的一類句子。「是」通常用於主語、賓語之間，對二者的關係進行溝通與判定。具體來說，「是」的作用包括：

1.表示等同關係。這時「是」的前後兩部分可以互換。例如：

《京華煙雲》的作者是林語堂。（＝林語堂是《京華煙雲》的作者。）

2.表示解釋關係。這時「是」的前後兩部分亦可互換。例如：

我來這裡的目的是學習漢語。（＝學習漢語是我來這裡的目的。）

3.表示歸屬關係。這時「是」的前後兩部分不能互換。例如：

他爸爸是台灣大學的畢業生。（≠台灣大學的畢業生是他爸爸。）

4.表示人或事物的特徵、質料或情況。例如：

他是一個慢性子。　　　　　（表人的特徵）
這件衣服是羊絨的。　　　　（表事物的質料）

5.表示事物的存在，「是」的意義相當於「有」。例如：

門口是一張辦公桌。

6.表示比喻。「是」的意義相當於「好像」。例如：

歲月是流動的詩篇。

注意：「是」還可以作為狀語用於動詞或形容詞前面，如「這孩子〔是〕很可愛」「這件事他〔是〕知道的」。這裡的「是」不是動詞，而是副詞，可以被副詞「的確」替換。

四、連謂句

連謂句是由連謂短語充當謂語或連謂短語獨立成句的一類句子。謂語部分的幾個謂詞性成分之間通常依照其所表示的動作發生（或性狀出現）的先後次序排列。

（一）謂詞性成分之間的語義關係

關燈 睡覺！　　　　　（表先後或連續發生的動作）
我們去酒吧 喝點酒。　（表方式和目的）
她捉住我的衣領 不放開。（從正反兩方面說明一件事）
我有能力 做好這件事。　（表條件和行為）
大家聽了 很高興。　　（後一性狀表前一動作的結果）

（二）連謂句的語法特徵

1.謂語部分的幾個謂詞性成分順序不可顛倒，否則句意發生變化，或不成句。例如「洗臉刷牙」，與「刷牙洗臉」意義不同；「上床睡覺」，不能說成「*睡覺上床」。

2.每個連用的謂詞性成分可以分別同主語發生主謂關係。例如「我站起來走過去開門」，意思等於說「我站起來，我走過去，我開門」。

3.連用的各謂詞性成分之間不能有停頓或關聯詞語，否則就變成複句了。例如：

那天我生了病沒去。　　（連謂句）
那天我生了病，所以沒去。（複句）

　　你站直了別趴下。　　　（連謂句）

　　你站直了，別趴下。　　　（複句）

（三）連謂句的分析方法

　　連謂句中，謂語部分的幾個謂詞性成分的語法地位是平等的，即同時充當謂語中心。成分分析法用「¦」符表示各謂詞性成分之間的間隔。若謂詞性成分超過兩個，層次分析法無法維持「二分」。我們試用成分分析和層次分析兩種方法來分析下面的例句：

$$\underline{我} \parallel \underline{站} \langle 起\ 來 \rangle \mid \underline{走} \langle 過\ 去 \rangle \mid \underline{開}\ 門。$$

主	謂					
	連				謂	
中	補	中	補	動	賓	

（四）重動句

　　重動句是動詞在句中重複出現，前一個動詞帶賓語、後一個動詞帶補語的一類句子，或稱「動詞拷貝句」或「複製動詞句」等。因該句式重複同一動詞，動作也無先後之分，我們可將其視為連謂句中一個特殊次類。

　　1.補語與謂語動詞之間的語義關係

　　我打籃球打了五個小時。　　（補語表時間）

　　我找他找了好幾次。　　　　（補語表次數）

　　志明踢球踢斷了腿。　　　　（補語表結果）

　　春嬌寫字寫得很漂亮。　　　（補語表評價）

　　他倆聊天聊得唾沫橫飛。　　（補語表情態）

2.重動句的語法特徵

（1） 動態助詞不能附在前一個動詞之後，只能附在後一個動詞之後。

　　她開會開了三個小時。→＼ ＊　 她開了會開三個小時。

（2） 從狀語的位置來看，表時間、處所、對象的狀語要置於前一個動詞之前。

　　他〔在中國〕學漢語學了兩年。→＼ ＊　 他學漢語〔在中國〕學了兩年。

「把」字結構、否定詞要置於後一個動詞之前。

　　她吃過期麵包把腸胃吃壞了。→＼ ＊　 她把腸胃吃過期麵包吃壞了。

　　她開會沒開多久。　　　　　　→＼ ＊　 她沒開會開多久。

表範圍、頻率、比較、語氣的狀語，則前後均可。

　　她的確做飯做得不錯。　↔　 她做飯的確做得不錯。

　　他已經找你找了好幾回。↔　 他找你已經找了好幾回。

（3）有些重動句跟可以轉換為非重動句。但使用重動結構，可以通過動詞的重複來起到強調動作行為的作用。試比較：

　　她說英語很流利。　　　（非重動句）

　　她說英語說得很流利。　（重動句）

五、兼語句

兼語句是由兼語短語充當謂語或獨立成句的一類句子。

（一）兼語句的類型

根據前一動詞的語義，可將兼語句分為以下幾類：

1.表使令

前一動詞包含使令意義，能引發一定的結果，常見的動詞有「請、催、使、逼、讓、叫、派、求、命令、動員、吩咐、打發、強迫、組織、鼓勵、號召」等；後一謂詞所表示的動作或狀態由前一動詞所引發。

我請（讓/催/命令/求）他做飯。

學校組織學生春遊。

2.表允許或禁止

前一動詞包括「允許、容許、准許、禁止」等。

誰允許你胡作非為了？

3.表愛憎或好惡

前一動詞通常是表示贊許、責怪、愛恨、好惡等心理活動的及物動詞，它是由兼語句後面的動作或性狀引起的，前後謂詞有因果關係。常見的動詞有「稱讚、表揚、佩服、喜歡、感謝、欣賞、埋怨、原諒、誇、笑、罵、愛、怪、恨、嫌」等。

老婆怪我照顧不周。

老師表揚她拾金不昧。

4.表領有或存在

前一動詞包括「有、輪」等。

有人找你。

輪到你發言了。

5.表告知

前一動詞包括「通知、告知、告訴、囑咐」等。

　　她告訴我別等了。

6.表稱謂或認定

前一動詞包括「稱、叫、罵、認、選舉、認為、推薦」等。

　　我認你當我哥吧。

　　人家背後罵他是混蛋。

7.表強調

前一動詞為「是」，作用在於強調後面的賓語。此類句子屬於「非主謂句」。

　　是我把她氣哭了。

（二）兼語句的分析方法

　　兼語句的謂語部分，包含一個同時具有賓語和主語雙重身份的「兼語」。成分分析法用「﹏﹏﹏」符號來表示。我們試用成分分析和層次分析兩種方法來分析下面的例句：

學校 ‖ 組織學生春遊。

六、主謂謂語句

　　主謂謂語句是由主謂短語充當謂語的一類句子。該類句子中包含一個全句主語和一個謂語部分的主語，為表區分，稱前者為「大主語」，稱後者為「小主語」。

　　結合大小主語各自的語義角色及二者語義關係等因素，可將主

謂謂語句分為以下幾類：

1.大主語是受事，小主語是施事。其中大主語可視為原來謂語的一部分，由於表達需要而移至句首充當主語。

> 上海 ‖ 我沒有去過。　　　　　（←→ 我沒有去過上海。）
> 這個困難，‖ 我們一定能克服。（←→ 我們一定能克服這個困難。）
> 那頭狼 ‖ 我們打瞎了一隻眼。（←→ 我們打瞎了那頭狼的一隻眼。）

2.大主語是施事，小主語是受事。與上一類大多可以相互轉換。

> 他 ‖ 英語說得不錯。　　　　（←→ 英語他說得不錯。）
> 我們 ‖ 哪兒都不去。　　　　（←→ 哪兒我們都不去。）
> 我 ‖ 一分鐘都沒耽擱。　　　（←→ 一分鐘我都沒耽擱。）

3.大主語與小主語或小賓語之間存在廣義的領屬關係。

> 小王 ‖ 身體非常棒。（「身體」與「小王」存在部分與整體關係）
> 我們班 ‖ 一半是南方人。（「一半」與「我們班」存在部分與整體的關係）
> 牛排，‖ 三分熟的好吃。（「三分熟的」與「牛排」存在類屬關係）
> 球鞋 ‖ 我只買經典款。（「經典款」與「球鞋」存在類屬關係）

注意：此類中的部分句子，如果在大小主語之間插入「的」，就轉變為一般的動詞謂語句。例如：

小王 ‖ 身體非常棒。　→　小王的身體 ‖ 非常棒。

　　兩類句子的主要區別在於陳述對象不同，因此插入語氣詞或狀語的位置不同。試比較：

　　小王（啊/麼），‖ 身體非常棒。
　　小王的身體（啊/麼），‖ 非常棒。
　　小王 ‖〔以前〕身體非常棒。
　　小王的身體 ‖〔以前〕非常棒。

4.謂語部分包含有複指大主語的成分。

　　白楊樹 ‖ 我讚美你。（小賓語「你」複指大主語「白楊樹」）
　　這個人，‖ 他很小氣的。（小主語「他」複指大主語「這個人」）

5.大主語表示謂語關涉的某一方面的對象，一般暗含「對、對於、關於」等意味。大主語如果加上這些介詞，就變成句首狀語了。

　　種田，‖ 他的經驗很豐富。（←→〔關於種田〕，他的經驗 ‖ 很豐富。）

6.大主語是小謂語動詞所表示動作的工具。

　　這把刀 ‖ 我劈柴。（←→我 ‖〔用這把刀〕劈柴。）

7.小謂語由名詞性成分充當。此類句子多用於口語表達，而且只有肯定形式。

　　白菜 ‖ 多少錢一斤？
　　你們班級 ‖ 五個人一間房。

七、雙賓句

雙賓句是謂語動詞之後連接先後兩個賓語的一類句子。前一個賓語離動詞較近，可稱作「近賓語」，後一個賓語離動詞較遠，可稱作「遠賓語」。

（一）雙賓句的類型

雙賓結構對動詞有特殊限制，能夠後接雙賓語的動詞稱為「雙賓動詞」。從雙賓動詞的語義出發，可將雙賓句大致分為以下四類：

1.表給予

動詞包括「給、給予、賣、送、贈、還、交、教、告訴」等。

> 贈人 玫瑰，手有餘香。
> 我告訴你，出來混遲早要還的。

2.表獲取

動詞包括「拿、買、取、偷、搶、騙、贏、收、沒收」等。

> 小偷偷了他 一萬元錢。
> 我拿了他 一本書。

3.表詢問

動詞包括「問、詢問、請教、咨詢、打聽、請示」等。

> 我問你 一個問題。
> 小王請示上級 如何做好善後工作。

4.表稱呼

動詞包括「叫、罵、稱、稱呼、喊」等。

> 大家都叫嘉明 老班長。
> 我們背地裡罵他 缺心眼。

（二）雙賓句的語法特徵

1.雙賓句中，近賓語又稱「指人賓語」，一般指人，回答「誰」的問題，常由簡短的代詞、名詞充當；遠賓語又稱「指物賓語」，一般指事物（既可以是實際事物，如「一本書」；也可以是虛擬事物，如「一個問題」），也可指人（如「老班長」），回答「什麼」的問題，結構一般比較複雜，可以由詞、短語、乃至小句形式（如「如何做好善後工作」）充當。

2.從語義角色來說，遠賓語才是動作行為的直接支配對象（「受事」），故又可稱為「直接賓語」或「受事賓語」；近賓語是動作行為的間接承受者（「與事」），故又可稱為「間接賓語」或「與事賓語」。

3.雙賓句有的可變換為同義的非雙賓句，多數用介詞將遠賓語提前。例如：

    她給了我兩塊錢。　→　她〔把兩塊錢〕給了我。
    我問你一個問題。　→　我〔向你〕問一個問題。

（三）雙賓句的分析方法

雙賓句的兩個賓語，成分分析法都用「‿」表示。但進行層次分析時，要堅持「兩分法」及「先遠後近」的原則：遠賓語距離動詞核心較遠，先析出；近賓語距離動詞核心較近，後析出。

試用成分分析和層次分析兩種方法來分析下面的例句：

八、存現句

存現句是表示某地存在、出現或者消失了某人或某物的一類句子。其基本結構可以概括為「處所名詞+謂語動詞+指人/指物名詞」。

（一）存現句的類型

根據謂語動詞的語義特徵，可將存現句分存在句和隱現句兩大類：

1.存在句

表示某地存在某人或某物。又可細分為兩個小類：

（1）靜態存在句

謂語動詞包括「貼、戴、穿、掛、坐、躺、站」等。後附的「著」或「了」表示（動作結束後）狀態的持續。例如：

　　墙上貼著/了一幅畫。
　　南陽街上長著無數棵桃花樹。

（2）動態存在句

謂語動詞表示正在進行的動作，後面只能接「著」，不能接「了」。

　　天上盤旋著一隻雄鷹。
　　船頭上飄揚著一面旗幟。

2.隱現句

表示某地出現或消失了某人或某物。又可細分為兩個小類：

（1）表出現

　　南邊來個喇嘛。（人、物的出現伴隨著空間位移）

腦海裡浮現出往日的場景。（人、物的出現不涉及空間位移）

（2）表消失

籠子裡飛走了一隻鳥。（人、物的消失伴隨著空間位移）
地主家死了一頭牛。 （人、物的消失不涉及空間位移）

（二）存現句的語法特徵

1.存現句中，由處所名詞充當全句的主語。如果處所名詞前添加了「在、從、打」等介詞，則轉變為句首狀語，全句變為動詞性非主謂句。

天上 ‖ 盤旋著一隻雄鷹。→〔在天上〕盤旋著一隻雄鷹。
南邊 ‖ 來個喇嘛。→〔打南邊〕來個喇嘛。

2.指人或指物名詞充當賓語。賓語一般是不定指的，不能受「這、那」等表定指的代詞修飾。例如「地主家死了一頭牛」，不能說成「*地主家死了這頭牛」。從語義上來說，賓語大多具有施事性。例如「天上盤旋著一隻雄鷹」裡，「雄鷹」是「盤旋」的施事。

3.存現句大多能通過主賓語互換位置的方式，轉換為相應的非存現句。例如：

墙上貼著/了一幅畫。 → 一幅畫貼在墙上。
天上盤旋著一隻雄鷹。 → 一隻雄鷹盤旋在天上。

九、比較句

比較句是表達比較意義的一類句子的統稱。此類句子缺乏形式上的共性，但大多包含或隱含比較主體、比較客體、比較詞、比較

域、比較值等構成要素。例如「我比你高」，比較的主客體分別是「我」和「你」、比較域是「身高」、比較詞是「比」、比較值是「高」。

（一）比較句的類型

根據比較句的語義，可將其分為等比句和差比句兩大類。

1.等比句

表示比較主體和比較客體在某方面近同。具體又可分為以下小類：

（1）表相同：比較詞包括「一樣」「等於」「同樣」等。

兩間臥室一樣大。

你這些廢話，說了等於沒說。

（2）表接近：比較詞包括「像」「如」「猶」「趕得上」「差不多」「相當於」等。

過猶不及。

我的工資水平跟你的差不多。

2.差比句

表示比較主體和比較客體在某方面存在差別。具體又可分為以下小類：

（1）表不及：比較詞包括「不如」「比不上」「沒有」等。

我長得沒有羅志祥帥。

我的學習成績比不上你。

（2）表勝過：比較詞包括「更」「比……更/還」「越來越」等。

你真是越來越過分！

你如果打扮一下，比林志玲還漂亮！

（3）表相異：僅指出存在差別，而不明言「不及」還是「勝過」。比較詞包括「不同」「不一樣」等。

我們的生活環境不同。

（4）表高度：比較詞包括「特別」「非常」「相當」「格外」「異常」「十分」等。

你今天特別漂亮！

爸爸喝了酒，顯得異常興奮。

（5）表極度：比較詞包括「頂」「最」「絕」「殊」「極其」等。

這樣做是極其無恥的！

最愛你的人是我。

（二）「連」字句

「連」字句是由助詞「連」與副詞「也」或「都」配合使用，組成「連……也/都」格式，隱含比較意味的一類句子。我們可將其視為差比句的一個特殊次類。

① 這道題連小學生都會做。

② 我窮得連一分錢都沒有了。

③ 她把我打得連親媽都認不出來了。

通過上述例句可以看出，「連」的功能是引入一種最極端的情形，通過與這種情形的對比來傳達言外之意。如例①暗示「這道題很簡單」，因為在「小學生、中學生、大學生、研究生……」這個

序列中，「小學生」通常被認為處於知識量最少的層級，一道題目如果小學生會做的話，也就意味著其他人都會做；同理，例②暗示「我沒有錢」，因為「一分錢」是能夠擁有的金額的最低量級；例③暗示「她把我打得特別嚴重」，因為「親媽」是所有人中最可能認出我的人。

注意：「連」字句中，「連」字能夠刪去而不影響句意。例如「這道題小學生都會做。」

刪去「連」後，句子從廣義上來說，仍屬於「連」字句。

第二節 句式之間的互動

一、句式的共存

句式是根據單句的局部特徵而定出的類名。有些句子有可能同時具備幾種句式的特徵，出現不同句式交叉共存於同一個句子裡的情形。

（一）「把」字句與「被」字句共存

「被」字和「把」字可以共同出現在同一個句子裡：其中「被」字在前，引介施事；「把」字在後，引介受事，該受事成分與主語存在廣義的領屬關係。例如：

> 小李〔被釘子〕〔把手〕紮破了。（「手」與「小李」存在部分與整體的關係）
> 他〔被小偷〕〔把錢包〕偷走了。（「錢包」與「他」存在領屬關係）

（二）兼語句與連謂句共存

兼語結構和連謂結構也可以共同出現在同一個句子裡。此類句子內部結構比較複雜，要注意辨析每個名詞性成分與動詞性成分之間的句法語義關係。例如「你去請老王來公司開會」裡：「你」是「去」和「請」的施事；「老王」是「來」和「開」的施事、兼作「請」的受事。因此，這個句子應作如下分析：

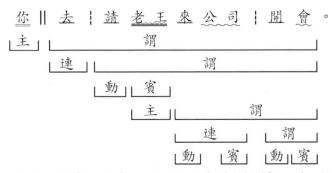

此外，還有一類句子既可以理解為兼語句，也可以理解為連謂句。此類句子中的第一個謂語動詞兼有「使令」和「陪伴、偕同」的意味。例如「他扶著老太太上公交車」：若理解為「他扶著老太太，老太太上車」，則是兼語句；若理解為「他扶著老太太，他也上了車」則是連謂句。

二、同義句的變換

語言表達既要求精細，又要求經濟。這兩點決定了語言中的同一個意義可以採取不同的句法格式進行表達。例如「小偷偷了我的錢包」，又可以說成：

① 小偷把我的錢包偷了。

② 我的錢包被小偷偷了。

③ 我的錢包被偷了。

④ 錢包被偷了。

上述幾個句子雖然結構形式各異，但包含的深層語義關係是相同的，屬於「同義句」。各句中，「小偷」都是施事，「（我的）錢包」都是受事。但在具體的語言使用層面上，每個句子的特點和側重點是有所差別的。如例①是「把」字句，偏重強調對「我的錢

包」的處置方式和結果；例②「被」字句，偏重強調受事成分「我的錢包」。我們通常根據不同場合及特定的表達需要，選取更為恰當的句子，這是語言表達精細化的需求。而例②在一定語境下，還可以進一步省略為例③或例④。如當說話人不確定錢包是誰偷的或覺得被誰偷的不重要時，傾向於採取③來表達；當說話人認為聽話人明確知道錢包是誰的時，傾向於採取④來表達。這又是語言表達經濟化的體現。

三、變換分析法

　　基於上述句法結構的同義性，按照一定的規則，將一種句式變換為另外一種意義相同的句式，從而揭示某個句式或某類詞語的語法特點，以及達到分化歧義的目的，這種分析方法稱為「變換分析法」。

（一）變換分析的操作手段

變換分析的常用操作手段包括移位、添加、刪除、替換等。

1.移位：指移動某個或某些詞語在句子中的位置。

　　　我去過北京。　　　　　→　　　　北京我去過。

2.添加：指在句中增添某個或某些詞語。

　　　牛奶我喝了。　　　　　→　　　　牛奶被我喝了。

3.刪除：指在句中刪減某個或某些詞語。

　　　連一百元都不給我。　→　　　一百元都不給我。

4.替換：指用某個或某些詞替換句中的某個或某些詞。

　　　我被他打了一頓。　　　→　　　我讓他打了一頓。

5.分合：將句中某個或某些結構進行拆分或合併。

　　　　我和小李都是男人。　 ←→ 　我是男人，小李是男人。

　　但通常情況下，句式的變換需要綜合運用上述各種手段。例如：

　　　　他給了我十元錢。　 →他把十元錢給我了。（移位、添加）

（二）變換分析的注意事項

　　1.變換前後的句式，要保持基本語義不變。如果語義發生變化，這種變換是不合格的。例如：

　　　　① 他在馬背上跳。　　 ↛ 　他跳在馬背上。

　　　　② 送你一朵玫瑰花。　 ↛ 　送你的一朵玫瑰花。

　　例①通過移位的手段，將左句變成右句。但左句中「馬背」表示「跳」的處所，右句中「馬背」表示「跳」的終點。兩句的意義不同，變換不合格。

　　例②通過添加結構助詞「的」的手段，將左句變成右句。但左句是一個雙賓句，表示一個事件，右句是一個名詞性非主謂句，表示一種事物。兩句的意義不同，變換不合格。

　　2.句式變換受到語用、句式自身要求等條件的制約，進行變換時要考慮這些條件的制約。例如：

　　　　① 你把這些東西扔掉！　 ↛ *這些東西被你扔掉！

　　　　② 你的要求已被上級批准。 ↛ *上級已把你的要求批准。

　　一般情況下，「把」字句都能與相應的被字句自由轉換。但上述兩例轉換並不合格。

　　例①表達祈使語氣，因此可以採用左邊包含「把」字結構的主動句形式，而不能轉換為右側包含「被」字結構的被動句形式。

　　例②中，左句是合法的，右句則不合法，主要是因為「被」字

句對謂語動詞是否「光杆」的要求沒有「把」字句嚴格。右句末尾必須加語氣詞「了」才算完整。

3.所謂「變換」，是指句式的變換，而不是具體某個句子的變換。因此，一個合格的變換，要具有普遍適用性，即要保證屬於某個句式的一系列句子都能相應地變換為屬於另一句式的一系列句子。要注意剔除「魚目混珠」者，並注意分析其中的原因。例如：

① 床上躺著病人。　　→　　病人躺在床上。

② 黑板上寫著字。　　→　　字寫在黑板上。

③ 門外站著人。　　　→　　人站在門外。

④ 外面下著雨。　　　→　　雨下在門外。

⑤ 十字架上釘著耶穌。　→　　耶穌釘在十字架上。

仔細觀察會發現例④的變換是不合格的，「*雨下在門外」是一個不合法的句子。究其原因，與謂語動詞的語義密切相關。其餘四例中的謂語動詞都包含〔+附著〕的語義特徵，而例④中的謂語動詞「下」則不具備這個語義特徵。

（三）變換分析舉例

以結構助詞「的」與語氣詞「的」的辨析為例。

「的」兼有結構助詞與語氣詞兩種詞性，為表區分，漢語語法學上通常將前者標記為「的₁」，將後者標記為「的₂」。其中，「的₂」只能出現在句尾，常與語氣副詞「是」配合使用，構成表強調的「是……的」結構。而「的₁」既可以出現在句中（如「大的₁留給你。」）也可以出現在句尾。當「的₁」位於句尾時，若句中同時出現了判斷動詞「是」，此時就容易跟「的₂」參與構成的「是……的」結構相混。試比較：

① 這本書是我買的。

② 這樣講是可以的。

其中，例①中的「的」是結構助詞「的₁」，例②中的「的」是語氣詞「的₂」。我們可以採用變換分析法，從以下三個方面進行考察：

1.看「的」後面能不能添加相應的名詞。

這本書是我買的。 → 這本書是我買的（書）。

這樣講是可以的。 ↛ 這樣講是可以的（？）。

例①中「我買的」是「的」字短語，後面可以補出相應的名詞變成定中短語；例②句尾則無法添加其他成分。

2.看刪除「是、的」後，句子的基本意思改變了沒有。

這本書是我買的。 ≠ 這本書我買。

這樣講是可以的。 ≈ 這樣講可以。

例①本屬「是」字句，側重於說明主語的類別，刪除「是、的」之後變為敘述句，句子意思發生變化；例②刪除「是、的」之後，句子的基本意思未變，只是強調的語氣變弱而已。

3.看改為否定句後，否定詞「不」所處的位置。

這本書是我買的。 → 這本書不是我買的。

這樣講是可以的。 → 這樣講是不可以的。

例①的否定詞要加在「是」前；例②的否定詞要加在「是」後。

第八章 語用

　　語用，即語言運用，是一種在特定的語言環境中，交際雙方遵循共同的交際原則進行互動的行為，也是一個多種外部因素（交際者、時間、地點、社會觀念、文化背景等）共同參與並交互作用的動態過程。換言之，我們在對話中採取何種語句來表達思想，不止與語句本身有關，也牽涉到聽話者、說話時的情境等句外因素。

　　因此，對語言單位（尤其是句子）的研究，不止要向內關注其結構和語義，也要向外關注其功能、用途，分析它與使用者、使用環境之間的關係。

　　本章簡要談一下與句子運用相關的幾個問題。

第一節　句類

句類是句子的語氣類別，一般分為陳述句、疑問句、感歎句、祈使句四大類型。句類體現了句子的不同功能和用途，屬於句子在語用上的分類。

當然，上述只是個大致的分類。語氣是一種非常抽象、複雜的現象，句子語氣的表達與句內的語氣詞、副詞（如「難道」「究竟」「未嘗」）、某些句法格式（如「X不X」）、語調以及句外的語境等因素都有密切關聯。根據具體的格式、語義以及語氣上的細微差別，每個句類之下又能劃分出若干次類。

前文所談的句型（包括句式），是從結構上對句子劃分得到的類別。句型和句類對句子分類的角度不同，一個句子總是兼屬這兩個性質不同的類型。例如：

你去，還是我去？	（複句；疑問句）
家是心靈的港灣。	（主謂句；陳述句）
爸爸去哪兒？	（主謂句；疑問句）
你真棒！	（主謂句；感歎句）
禁止拍照！	（非主謂句；祈使句）
蛇！	（非主謂句；感歎句）

一、陳述句

（一）陳述句的含義和類別

陳述句是使用陳述語氣敘述或說明一件事情的句子。句子的語調平直而句尾略降，書面上用句號煞尾。根據陳述句的形式和意義，又可將其分為肯定句和否定句兩個小類。

1.肯定句

肯定句是對事物作出肯定判斷或承認事件發生的陳述句，通常句中不包含否定詞。肯定語氣也有輕重之別，這與句中使用的副詞、語氣詞、固定格式等因素相關。試比較：

①　他的血壓有點高罷了。

②　他的血壓是有點高的。

③　他的血壓有點高呢。

④　他的血壓的確有點高。

對於「他的血壓有點高」這件事，上述幾例分別體現了說話者的不同態度。例①包含語氣詞「罷了」，帶有「不過如此」的意味；例②包含格式「是……的」，表示「確認本來如此」；例③包含語氣詞「呢」，帶有略微誇張的意味；例④包含副詞「的確」，帶有強調的意味。可見，例①到例④所表達的肯定語氣是逐漸加重的。

2.否定句

否定句是對事物作出否定判斷或否認事件發生的陳述句，形式上通常包含否定詞。現代漢語中，最常用的否定詞是「不」和「沒（有）」，二者在意義和用法上主要有以下差別：

（1）「不」否定判斷、意志、事實、性質，「沒（有）」否定動作發生或狀態實現。試比較：

我不打籃球。　　　　（否定意志或事實）

我沒打籃球。　　　　（否定動作發生）

這個西紅柿不紅。　　（否定性質）

現在這個西紅柿沒紅。（否定變化）

（2）「沒（有）」否定動作的發生，因此只能用於過去和現在，不能用於將來。例如可以說，「我昨天沒逛街」「我現在沒有在逛街」，不能說「*我明天沒逛街」。「不」則不受這種限制。例如可以說，「我過去不喜歡你，現在也不喜歡你，將來更不會喜歡你。」

（3）「不」是副詞，只能否定動詞或形容詞（如「不吃」「不紅」），不能否定名詞（如「*不桌子」）。「沒（有）」兼作動詞和副詞，作為動詞可以後接名詞（如「沒錢」），作為副詞可以修飾動詞或形容詞（如「沒吃」「沒紅」）。

（二）幾類特殊的陳述句

1.肯否同義格式

通常肯定句和否定句所表達的意思截然相反，如「我去上課」和「我不去上課」。但有少量陳述句，其肯定格式和否定格式都表示相同的意思，可以相互轉換。這種情況多出現在口語中，是一種特殊的語言現象，不具有普遍性。例如：

好開心　＝好不開心	好容易　＝好不容易
當心感冒＝當心別感冒	難免出錯＝難免不出錯
差點遲到＝差點沒遲到	在死之前＝在沒死之前

2.雙重否定格式

有些陳述句內部包含了兩個相互呼應的否定詞，實際上表達的是肯定語氣。有些否定詞經常配對使用，已凝練為固定格式或詞語，如「非x不y」「無非」「不無」等。然而，「否定之否定」並不等於簡單的肯定。包含雙重否定格式的陳述句，跟相應的單純肯定句在意思和語氣上並不相同，有些相對強硬，有些相對委婉。例

如：

① 你不能不管。 （＝你必須管。 ≠你能管。）

② 他不敢不去。 （＝他沒有不去的膽量。≠他敢去。）

③ 今天我非去不可。 （＝我一定要去。）

④ 聽者無不動容。 （＝聽者全部動容。）

⑤ 塞翁失馬未嘗不是件好事。 （＝塞翁失馬是件好事。）

⑥ 不是我不明白，這世界變化快。 （＝我明白。）

⑦ 我肯幫你，無非是看你可憐。 （＝只是看你可憐。）

3.包含疑問代詞

有些陳述句在形式上包含疑問代詞，但這些代詞並不表示疑問，而是用來表示任指或虛指（參看2.2.8.2.3「代詞的活用」），故全句仍表示肯定語氣。例如：

① 誰也不知道他的名字。

（「誰」表示任指，意思是「任何人」）

② 我們好像在哪兒見過。

（「哪兒」表示虛指，意思是「某個地方」）

二、疑問句

（一）疑問句的含義和類別

疑問句是具有疑問句調、表達疑惑並提問的句子。書面上用問號煞尾。疑問的表達，依靠疑問代詞、語氣副詞、語氣詞、疑問格式、語調等要素完成。其中，只有語調是必不可少的，其他要素的多寡有無，對句子語氣的強弱具有一定的調節作用。例如：

① 你去哪兒？ （疑問代詞、語調）

② 你去哪兒啊？ （疑問代詞、語氣詞、語調）

③ 你到底去哪兒？（語氣副詞、疑問代詞、語調）

以上三例都表示提問。其中例②較例①增加了語氣詞「啊」，全句語氣相對緩和一些；例③較例①增加了語氣副詞「到底」，全句的追究意味增強。

根據疑問句的形式和意義，又可將其分為以下四個小類。

1.是非問句

是非問句在結構上與一般的陳述句相同，但語調要變為升調或帶疑問語氣詞「嗎」「吧」（不能帶「呢」）等。它一般是針對整個命題的提問，回答時一般用「是」「對」作肯定回答，或「不（是）、沒（有）」作否定回答。例如：

① 你吃飯了嗎？

② 你吃飯了？

③ 你吃飯了吧？

④ 你吃飯了，對嗎？

以上四例中，例①包含語氣詞「嗎」，是比較單純的詢問，問話人對答案沒有傾向性判斷；例②不含語氣詞，句末用升調，表示問話人對答案可能有所推測；例③包含語氣詞「吧」，例④包含一個附加疑問格式「是嗎」，兩例都表示問話人對答案已經有傾向性判斷，要求對方證實。可見，語氣詞的選用以及有無，都對是非問句表現的疑問程度有所影響。

2.特指問句

特指問句一般用疑問代詞及其組成的短語（如「幾點鐘」「什麼地方」等）來表明疑問點，要求對方就疑問點作出答復。句子通

常用升調（也可以是降調），句末可以帶疑問語氣詞「呢」（不能帶「嗎」「吧」）。例如：

① 剛才你跟誰出去了？　　　（——小張。）

② 您的身體怎麼樣了？　　　（——好多了。）

③ 這件衣服多少錢？　　　　（——三千元。）

另外，有一種比較特殊的特指問句，由「呢」附在非疑問形式之後構成，語氣上要求使用升調。根據非疑問形式的性質，又可將這種特殊句子分為兩個小類：

（1）名詞性成分+「呢」：如果是首發句，一般用來詢問某物所在地；作為後續句也可以詢問其他情況，要依據語境進行理解。例如：

④ 你的手機呢？

　（意思是「你的手機在哪？」）

⑤ 我去上課，你呢？

　（意思是「你做什麼？」或者「你去不去？」）

⑥ 你家裡的情況呢？

　（意思是「你家裡的情況怎麼樣？」）

（2）謂詞性成分+「呢」：一般用來詢問對某事的意見或看法。例如：

⑦ 萬一明天下雨呢？

　（意思是「萬一明天下雨，應該怎麼辦？」）

⑧ 去跳舞呢？

　（意思是「去跳舞好不好？」）

3.選擇問句

選擇問句提出兩種或幾種選項，希望聽話者從中作出選擇。在結構上出現並列的兩項或幾項，常用「是x，還是y」「或」「還是」等關聯詞語進行來連接，結構類型上可能是單句，也可能是複句。句末只能帶語氣詞「呢」。

① 可樂、咖啡或柳橙汁，你想喝哪種？
② 我們下午是去電影院，還是去遊樂園？
③ 你準備今天去，還是明天去？

此外，最近開始流行一種形式比較特殊的選擇問句，它雖然也提出了兩種或幾種選項，但選項的內容則是完全相同的。例如：

④ 今晚有陳奕迅的演唱會。你是去呢，還是去呢？

可以看出，例④這類句子只是表面上具有選擇問句的形式，它的真實用意也不是讓人作出選擇，而是提出建議：「你應該去」。

4.正反問句

正反問句提出正反兩個方面，希望聽話者從中作出選擇，可視為一種特殊的選擇問句。句末可以帶語氣詞「呢」（不能帶「嗎」），有一定的深究意味。從結構上看，正反問句都包含一個肯定否定並列的疑問格式（可以概括為「X不/沒（有）X」）來作為提問的手段。例如：

① 你是不是頭疼？
② 那個人聰（明）不聰明？
③ 你吃過豬肉沒有？
④ 明天你還上（學）不上學？
⑤ 你幫我倒一杯水，行不行？

通過上述幾個例子可以看出，「X不/沒（有）X」在使用中往往會有所簡省以避繁複：第一，它處在句末時，通常簡省為「X不/沒（有）」；第二，當「X」是雙音詞時，格式中的前一個「X」常會省略第二個音節。

（二）兩類特殊的疑問句

反問句和設問句是兩類比較特殊的疑問句類型，它們的共同特點是「無疑而問」，即形式上是提問，實則是陳述某種觀點或表達某種意見。

1.反問句

又稱「反詰疑問句」。問話人心中沒有真正的疑問，也不要求對方作出回答。發問的目的只是曲折地表達自己的意見，暗含不滿、反駁等意味。例如：

①　難道這件事他不知道嗎？

（意思相當於「這件事情他應該知道」。）

②　如果道歉有用的話，那還要警察幹嘛？

（意思相當於「那就不需要警察了」。）

③　你這是在幫我啊，還是在坑我？

（意思相當於「你這是在坑我」。）

④　我十分鐘就寫完了作業，屬不屬害？

（意思相當於「我很屬害」。）

反問句最常採用的形式為是非問（例①）和特指問（例②）。此時，句子形式跟內容之間具有不對應性，通常用肯定形式表達否定的意思，用否定形式表達肯定的意思。有時也可以採用選擇問（例③）或正反問（例④）的形式。

2.設問句

問話人明知故問,不直接陳述自己的觀點,而是用提問的方式引起對方注意或啟發對方思考,然後由自己來回答自己提出的問題。例如:

① 你知道五月天嗎?台灣很有名的樂團。

② 不知細葉誰裁出?二月春風似剪刀。

③ 這麼調皮的孩子該不該批評?該。

④ 他是想繼續讀書,還是去工作?當然是繼續讀書。

跟反問句一樣,設問句最常採用的形式也是是非問(例①)和特指問(例②),但有時也採用正反問(例③)或選擇問(例④)的形式。

三、祈使句

祈使句是要求對方做某事或不要做某事的句子。一般使用降調,書面上以句號或感歎號煞尾。祈使句通常使用謂詞性非主謂句的結構形式,有時也可以是主謂句,但主語通常限於第二人稱代詞(如「你」「您」「你們」)、第一人稱複數形式(如「我們」「咱們」);此外句中也可以出現表稱呼的獨立語成分。

結合祈使句的語氣以及肯定否定情況,可將其分為以下四個小類:

1.命令句:表示命令、指令,強制要求對方做某事。口氣強硬,語調急促,缺少迴旋餘地,通常結構簡短,一般不用語氣詞。句末一般以感歎號煞尾。例如:

全軍出擊!

你給我滾出去!

2.禁止句：表示禁止、禁令，強制要求對方不要做某事。語氣特點與命令句相同，句中常有「嚴禁」「禁止」「不准」「勿」等詞語。例如：

> 嚴禁攜帶危險品！
> 非請勿入！

3.請求句：表示請求、敦促、商量、建議等，溫和要求對方做某事，帶有一定的迴旋餘地。口氣委婉，語調舒緩，結構上有時前面加「請」「請你（您）」等詞或短語、後面帶「吧」「啊」等語氣詞。句末以歎號或頓號煞尾。一些標語、口號也可以納入此類。例如：

> 快點回家去吧。（有催促的意味）
> 你嘗一嘗吧。　（有建議的意味）
> 請節約用水！　（口號）

4.勸阻句：表示勸告、勸止等，溫和要求對方不要做某事。語氣特點與請求句相同，句中常使用「不要」「不用」「別」等否定詞，句末常帶語氣詞「了」「啊」等。例如：

> 不要再提他啦！
> 千萬別跟我客氣。

四、感歎句

感歎句是表達喜、怒、哀、樂、悲、恐、驚等濃厚感情的句子。一般用降語調。句末以感歎號煞尾。從結構類型上說，很多感歎句屬於非主謂句。

按照結構形式，可將感歎句大致分為四個小類：

1.直接由感嘆詞構成

有時，我們要結合上下文語境，才能明確句中感歎詞所表達的是何種感情。以「哎喲！」為例：

哎喲！摔死我了！　　　（表因痛苦而呼號）

哎喲！這不是小張嗎？　（表驚訝）

哎喲！不錯喲！　　　　（表讚賞）

2.由一個名詞或名詞性短語構成

這類感歎句很多是我們表達強烈感情的習慣用語，句末常帶語氣詞「啊」。例如：

我的媽呀！

老天爺（啊）！

兩例通常用來表示驚訝或痛苦等語氣，但仍需要結合具體語境來判斷其真實用意。

3.帶有程度副詞標記

這類感歎句中常出現「多」「多麼」「太」「真」「好」等程度副詞，句末常帶語氣詞「啊」。例如：

真無恥！

你真是一個糊塗蟲！

4.無明顯形式標誌

該類感歎句缺乏形式標記，結構上與陳述句、祈使句或疑問句並無差別。全句有時表達的是一種混合語氣，只是更側重於感歎語氣，故書面上以感歎號煞尾。例如：

我不去了！　　　　　（與陳述句結構相同）

你是不是想氣死我！　（與疑問句結構相同）

為我們的事業乾杯！　（與祈使句結構相同）

第二節　句子的語用變化

　　句子在交際過程中，有時會根據語用需要，靈活地、動態地作出一些調整，以達到敘述更簡明、更清楚或重點更突出等目的。我們可將各成分都出現在通常位置上、符合人們常規認識的句子統稱為常式句；將經過語用變化而產生的臨時性變體統稱為變式句。

　　句子的語用變化主要可以分為倒裝和省略兩種情況。

一、倒裝

　　漢語句子中句法成分的排列通常遵循一定的次序，如主語在前、謂語在後，定語或狀語在前、中心語在後；中心語在前、補語在後等。

　　倒裝，就是臨時顛倒某些句法成分的常規排序，以達到強調、補充說明等目的的一種語用現象。倒裝前後，成分之間的句法關係、語義關係均維持不變。書面上，倒裝成分之前通常以逗號隔開。經過倒裝的變式句，叫作倒裝句。

　　倒裝句中常見的倒裝情形，包括如下兩個小類：

　　1.主語、謂語倒裝

　　這種情況常見於感歎句、疑問句和祈使句，通常是為了強調謂語。例如：

　　　　麻煩得很，這件事！　　　（感歎句）
　　　　去哪兒，你們？　　　　　（疑問句）
　　　　不要拍照了，你！　　　　（祈使句）

　　2.修飾語、中心語倒裝

　　即定語、狀語或補語與其修飾的中心語顛倒次序，通常是為了

強調修飾語或追加信息。例如：

> 幫我買雙鞋子，耐克的。　　（定語後置）
> 記得隨手關門，輕輕地。　　（狀語後置）
> 都快吃土了，他窮得。　　　（補語前置）

此外，還有如下一些倒裝情形，只是並不算常見。例如：

3. 動語、賓語倒裝　　　　　　　我再工作一年，打算。
4. 賓語前置　　　　　　　　　　他不會再來了，我覺得。
5. 雙賓句的直接賓語前置　　　　一萬元，我給她。
6. 兼語句中兼語後面的成分前置　快走吧，我求你。
7. 連謂句的前一個謂語後置　　　你快去一趟銀行，開車！

二、省略

省略，就是在一定的語境下說話時省去句子的某個句法成分，以達到避免重複、銜接上下文等目的的一種語用現象。省略的成分具有確定性，能夠明確地補出。經過省略的變式句，叫作省略句。

根據省略出現的不用語境，可將其分為如下三個小類：

1. 對話省略

在對話中，雙方常常有意省略一些負載已知信息的部分，以求得交際的簡潔迅速。省略的部分，可以是主語、謂語、賓語等多種句法成分。例如：

> 甲：（你）去哪兒？　　乙：（我）去教室。（省略主語）
> 甲：誰來了？　　　　　乙：我（來了）。　（省略謂語）
> 甲：老師來過教室了嗎？乙：（老師）來過（教室）了。
> 　　　　　　　　　　　　　　（同時省略主語、賓語）

2.上下文省略

又可分為承前省略和蒙後省略兩種情形：上文中出現的詞語，下文省去不說，這是承前省；下文中出現的詞語，上文省去不說，這是蒙後省。省略的部分，以主語居多。例如：

> 我吃過了晚飯，（我）到公園裡去散步。　（承前省）
> （我）吃過了晚飯，我到公園裡去散步。　（蒙後省）

3.文體省略

一些具有自敘或公文性質的文體，常在行文中出現省略第一人稱的情況。例如：

> 天熱不能作事，打牌消遣。　　　　　（日記）
> 匆匆奉白，即望時有書來，並祝無恙。　（書信）
> 驚悉張××先生不幸逝世，萬分悲痛！　（唁電）

第三節　語境

一、語境的含義和類別

語境，指語言單位（如詞、句子）出現和使用的環境。一般可分為上下文語境和情景語境兩個大類。

（一）上下文語境

又稱「言內語境」。當一個語言單位出現在語流中時，它前面或後面出現的其他語言單位都是該單位的上下文語境。在口語體現為前言後語，在書面語中體現為上下文。

我們必須緊密結合一句話的上下文語境，才能對其真實用意作出準確判斷，否則可能會導致斷章取義或以偏概全式的誤解。例如：

> 吾生也有涯，而知也無涯。（《莊子・養生主》）

這句話字面意思是「人的生命是有限的，而知識是無窮的」，歷來被當作學習勵志的警句。但我們在引用這句話時，卻常常忽略了其下文：「以有涯隨無涯，殆已！」（即「用有限的生命去追求無窮的知識，必然體乏神傷」。）前後兩句結合到一起來看，可以知道莊子的意圖不是主張積極進取，而是適可而止。

（二）情景語境

又稱「社會現實語境」或「言外語境」，包括交際雙方各自的身份地位及相互關係、談話場合、話題、輔助性交際手段（如表情、姿勢、手勢）、社會環境等。廣義上甚至包括民族文化傳統背景、社會規範和習俗、民族價值觀等。

同樣，在理解一句話時，也要結合當時的情景語境來進行，否

則可能會產生誤解。例如：

> ……操與宮坐久，忽聞莊後有磨刀之聲。操曰：「呂伯奢非吾至親，此去可疑，當竊聽之。」二人潛步入草堂後，但聞人語曰：「**縛而殺之，何如？**」操曰：「是矣！今若不先下手，必遭擒獲。」遂與宮拔劍直入，不問男女，皆殺之，一連殺死八口。搜至廚下，卻見縛一豬欲殺。宮曰：「孟德心多，誤殺好人矣！」……（《三國演義》第四回）

　　據《三國演義》記載：曹操刺殺董卓失敗，與陳宮倉皇逃離京城，夜宿其父故交呂伯奢家中。呂誠意待操，家人夜半殺豬洗塵，不料曹被磨刀聲驚動，誤以為呂密謀殺他，遂先下手為強，誅殺呂氏全家。而造成這場滅門慘案的緣起，就在於曹操對「縛而殺之」這句話脫離真實情境的錯誤解讀。

二、語境對語用的制約

　　交際中的語句跟語境作為一個不可分割的整體出現，二者是相互依存的關係。語境對語用具有很強的制約作用，這主要表現在句子的組織和理解兩個方面。

（一）語境制約句子的組織

　　在交際中，說話者使用語句要努力做到跟語境契合，由此保證交流的順暢、有效，以達到理想的交際效果。

　　1.語境影響句子的選用

> 子路問：「聞斯行諸？」
> 子曰：「有父兄在，如之何其聞斯行之？」
> 冉有問：「聞斯行諸？」
> 子曰：「聞斯行之。」……

子曰：「求也退，故進之；由也兼人，故退之。」（《論語·先進第十一》）

子路和冉有向孔子詢問一個相同的問題，而孔子則分別給出了不同的回答。這體現了孔子在不同的情景語境下，依據談話對象的性格、身份，選用了各自恰當的句子來表達想法。

2.語境影響句子的結構和風格

即便同樣的語義內容，在不同語境下也可能相應地採取結構形式及語體風格略有差別的句子進行表達。試比較：

① 欣聞二位喜結連理，謹祝百年好合、比翼雙飛！

聽說你們兩個結婚了，很高興，祝你們婚後幸福！

② 你出去！

請您出去吧！

例①表達婚禮祝福，其中前句具有書面語體風格，後句具有口語語體風格，二者在適用範圍、詞語的擇取和組織上具有不同特點。例②的核心意思是「要求對方出去」，其中前句是命令句，通常出現在上級對下級或說話者情緒憤怒等情況下；後句是請求句，通常出現在說話者情緒平和、比較客氣的情況下。

（二）語境制約句子的理解

從聽話者的角度看，許多語句的真實意圖單從語言結構本身是無法推導出來的，需要結合具體的語境進行理解。這就可能導致以下兩種情況的發生：

1.同樣一句話出現在不同語境下，表達功能有所差別

甲：下雨啦！

如果脫離語境，靜態地分析這個句子：從結構上來說，這是個

由動賓短語構成的非主謂句；從句意上來說，它表示「下雨」這種新情況的出現。但如果把這句話放在不同的語境下理解，就會出現很多「言外之意」。聽話者會根據這種「言外之意」，作出不同的回答。例如：

乙：庄稼可有救啦！（甲、乙是農民，久旱不雨）

乙：今年收成可完了。（甲、乙是農民，陰雨成災）

乙：這次旅行恐怕要取消了。（甲、乙是夫妻，計劃去旅行）

乙：我們回不了家了。（甲、乙是學生，準備放學回家）

2.句子歧義在具體語境中得到消除

有些歧義句，使用靜態分析（如層次分析、語義分析等）的方法無法進行分化，但一旦進入具體的交際語境，歧義就自然消除了。這是因為特定的語境，包括場合、說話者的身份、交談對象等，對語句的內容理解都具有限制作用。例如：

我去做手術了！

這句話可以表示「我去接受手術」和「我去實施手術」兩個意思。如果說話者的身份是一名患者，這句話表達的意思通常是「我去接受手術」；如果說話者的身份是一位醫生，這句話表達的意思通常是「我去實施手術」。可見，這句話雖有歧義，但在不同的語境中，只能表達其中一種意義。

第四節　語用原則與會話含義

一、語用原則

言語交際是一種雙邊（有時是多邊）的言語行為，為保證交際的順利進行，語言使用者必須共同遵守一些基本原則，這就是語用原則。語用原則主要包括「合作原則」和「禮貌原則」等。

（一）合作原則

合作原則由美國語言哲學家H.P.Grice於1967年提出。其基本觀點認為：人們在言語交際過程中，交際雙方達成了一種相互合作的默契，以求交際的順利進行。

合作原則又包括以下四條準則：

1.真實準則：說話者所說的話應該是真實的，不能說假話或自相矛盾。

2.適量準則：說話者提供的信息量應該正好與聽話者的需求相符，不多不少。

3.關聯準則：說話者所說的話要緊扣話題，同交際意圖密切關聯，不能答非所問。

4.方式準則：說話者的表達方式要清楚明白，使聽話者易於理解。

遵循合作原則及其四條準則，是言語交際能順利進行的基本保障。一旦說話者採取明確的不合作態度，故意違反了某些準則，就有可能導致交際的不暢、失敗或中止。例如：

① 孟子謂齊宣王曰：「王之臣，有托其妻子於其友而之楚遊者。比其反也，則凍餒其妻子，則如之何？」王曰：「棄之。」曰：「士師不能治士，則如之何？」王曰：「已

之。」曰：「四境之內不治，則如之何？」**王顧左右而言他。**（《孟子・梁惠王下》）

面對孟子邏輯嚴密而又咄咄逼人的詰問，齊宣王無言以對，於是刻意避開話題，說些其他的話搪塞過去。從合作原則的角度來看，齊宣王違反了關聯準則。

② 趙辛楣鑒賞著口裡吐出來的煙圈道：「……方先生在外國學的是什麼呀？」（方）鴻漸沒好氣道：「沒學什麼。」（錢鍾書《圍城》第三章）

趙辛楣與方鴻漸為蘇小姐爭風吃醋，言語上針鋒相對。對於趙的問題，方採取了不合作態度，沒有據實回答問題，也沒有提供足夠的信息量。從合作原則的角度來看，方違反了真實準則和適量準則。

（二）禮貌原則

禮貌原則由英國語言學家G.N.Leech於1983年完整提出。其基本觀點認為：禮貌是協調溝通人際關係的重要手段，是不同文化裡由風俗和習慣形成的人們共同遵守的行為守則。人們在進行言語交際時，除了要遵循合作原則外，也要遵循禮貌原則。

禮貌原則又包括以下六條準則：

1.得體準則：減少表達有損於他人的觀點，增大有益於他人的觀點。

2.慷慨準則：減少表達有益於自己的觀點，增大有損於自己的觀點。

3.讚譽準則：減少對他人的貶低，增大對他人的讚譽。

4.謙遜準則：減少對自己的讚譽，增大對自己的貶損。

5.一致準則：減少與他人在觀點上的不一致，增大與他人在觀點上的一致性。

6.同情準則：減少與他人在感情上的對立，盡量增加同情減少反感。

遵循禮貌原則及其六條準則，有利於維護交際雙方的友好關係，保證談話的順利進行。中國自古是禮儀之邦，故漢語會話符合暗合禮貌原則者比比皆是。略舉一例：

① （北靜王）水溶見他（賈寶玉）語言清楚，談吐有致，一面又向賈政笑道：「令郎真乃龍駒鳳雛，非小王在世翁前唐突，將來『雛鳳清於老鳳聲』，未可量也。」賈政忙陪笑道：「犬子豈敢謬承金獎。賴蕃郡餘禎，果如是言，亦蔭生輩之幸矣。」（《紅樓夢》第十五回）

北靜王府與賈家是世交，北靜王與賈政的對話在措辭方面極為客套。從禮貌原則的角度看，北靜王的話更多體現了讚譽準則，賈政的話更多體現了謙遜準則。

反過來說，倘若說話者採取明確的不合作態度，故意違反禮貌原則的某些準則，就有可能導致交際的不暢、失敗或中止。例如：

② 雲長（關羽）曰：「子瑜此來何意？」（諸葛）瑾曰：「特來求結兩家之好：吾主吳侯有一子，甚聰明；聞將軍有一女，特來求親。兩家結好，並力破曹。此誠美事，請君侯思之。」雲長勃然大怒曰：「吾虎女安肯嫁犬子乎！不看汝弟之面，立斬汝首！再休多言！」（《三國演義》第七十三回）

孫權派諸葛瑾赴荊州，求關羽將其女嫁給孫權之子，以促進

吳、蜀聯合抗曹。但關怒拒之，並口出「虎女安肯嫁犬子」的狂言，導致兩國聯姻不成反結仇怨。從禮貌原則的角度看，關的話違反了得體準則及謙遜準則。

（三）合作原則與禮貌原則的關聯

合作原則與禮貌原則具有一致性，也有對立性。在理想的情境下，交際的雙方堅持友好、合作的態度，有利於談話的流暢進行。然而在很多現實場合中，兩項原則難以兼顧。此時，說話者就要作出二者舍其一的選擇。例如：

①「馬銳，你不願意聽講，你可以出去！」「我為什麼要出去？我沒有不願意聽講，是希望你講得更好一點。」「你出去，我現在請你出去，馬銳同學！」「我不出去，我有權利坐在課堂上，劉桂珍老師──我交了學費。」（王朔《我是你爸爸》）

馬銳同學與他的班主任劉老師在課堂上起了衝突，劉要求馬離開。馬的答話明確地說出了自己的不想離開的真實想法，這是堅持了合作原則中的真實準則；但作為學生，照理說是不應該跟老師頂嘴的，這又違反了禮貌原則中的得體準則和一致準則。

②「你怎麼不說話？」馬林生皺皺眉頭，「無動於衷？」馬銳為難地在椅子上扭扭身子，「您說得那麼好，我都聽呆了。」（同上）

馬銳被父親馬林生批評之後，口頭上表示接受，心裡則不以為然。這時，馬的答話堅持了禮貌原則中的讚譽準則和一致準則；卻違反了合作原則中的真實準則。

從以上二例可以看出，合作原則與禮貌原則存在著相互補益的

關係。很多交際中故意違反合作原則的現象，可以用禮貌原則作出合理的解釋。

二、會話含義

語用原則是確保言語交際順利展開、推進的基本條件。但在實際交談中，人們出於各種原因（如委婉、客套、自謙、奉承等），有時會故意不遵守語用原則。而聽話者覺察到這種「話外有話」的情況後，就會有意識地聯繫語境從對方話語的表面意義中挖掘出更深一層的含意，從而領會說話者所要表達的真實意圖。這種「言外之意」就是會話含義，它是一種超出語句本身意義範圍的意義。

根據會話含義產生時所依賴的條件，又可將其分為一般性會話含義與特殊性會話含義兩類。

（一）一般性會話含義

該類會話含義，不需要特殊的語境，只要根據常規的交際慣例進行邏輯推導就能輕易得出，並不會影響談話的推進。例如：

① 學生：我的論文寫得怎麼樣？

老師：格式比較規範。

② 甲：誰吃了桌子上的奶酪？

乙：昨天半夜我聽見有老鼠的聲音。

例①中，學生向老師詢問論文的整體情況，但老師只在格式方面做出答復，沒有提供足夠的信息量。這似乎違反了合作原則中的適量準則。其言外之意大概是「其他方面並不是很好」。例②中，對甲的問題，乙似乎是答非所問。這好像違反了合作原則中的關聯準則。言外之意大概是「應該是老鼠吃了奶酪」。

（二）特殊性會話含義

該類會話含義，與特殊的語境密切相關。也就是說，一句話只有結合當前說話的具體情境才能推導出某個「言外之意」，換一個語境則無法推導出這個意思。例如：

> 到碼頭下車，方鴻漸和鮑小姐落在後面。鮑小姐道：「今天蘇小姐不回來了。」
>
> 「我同艙的安南人也上岸了，他的鋪位聽說又賣給一個從西貢到香港去的中國商人了。」
>
> **「咱們倆今天都是一個人睡。」**鮑小姐好像不經意地說。
>
> 方鴻漸心中電光瞥過似的，忽然照徹，可是射眼得不敢逼視，周身的血都升上臉來。 （錢鍾書《圍城》第一章）

鮑小姐「不經意」說出的「咱們倆今天都是一個人睡」這句話，其實是男女之間的一種性暗示，方顯然領會了這句話的「弦外之音」，因而產生了強烈的情緒波動。試想，如果換個語境，這句話發生出自方的一位男性朋友之口，恐怕上述的會話含義就不存在了。

結語

　　以下我們試從系統的角度出發，對前面章節所涉及的概念和知識點進行簡要的回顧與總結：

　　首先，語法單位包括語素、詞、短語、句子四個層級。語法研究以詞、短語和句子為主要研究對象。

　　第一，詞。對詞的語法研究，主要圍繞詞類問題展開。劃分詞類的目的在於說明句子的結構規律及各類詞的用法。根據語法功能，詞可分為實詞和虛詞兩大類。其中，實詞又可分為名詞、動詞、形容詞等十類；虛詞又可分為介詞、連詞、助詞、語氣詞四類。不同的詞類，在關係上存在兼類、同音、活用、借用等現象。

　　第二，短語。對短語的語法研究，主要圍繞短語的類型問題展開。從多個角度出發，可將短語劃分為不同類別。其中，短語的結構類型和功能類型的劃分最為基礎和重要。按照短語自身包含的層次數量，可將其分為簡單短語和複雜短語兩大類。我們通常利用層

次分析法來分析複雜短語的結構層次關係。

第三,句子。對句子的語法研究,主要從句法、語義、語用三個平面展開。

(一)句法平面的探討包括句法成分、句子的結構類型兩方面內容。句法成分包括主語、謂語、動語、賓語、獨立語等九類,它們與詞類之間的對應關係比較複雜。分析句子中句法成分及其相互關係的方法叫作成分分析法。從句子的整體結構出發,劃分得到的句子類型稱為「句型」。句型首先分為單句和複句兩大類。單句又分為主謂句和非主謂句兩個次類;複句又可分為聯合複句和偏正複句兩個次類。「句式」是根據句子的局部特徵劃分得到的句子類型,可視為句型的一個特殊次類,包括「把」字句、「被」字句、比較句、存現句等。我們可以用變換分析法來揭示某個句式或某類詞語的語法特點。

(二)語義平面的探討包括語義關係、語義分析法兩方面的內容。語義關係是隱藏在句法結構之後的由詞語的意義範疇建立起來的關係。一種句法關係可以對應多種語義關係,一種語義關係也可以對應多種句法關係。基於語義的分析法包括語義特徵分析和語義指向分析等。

(三)語用平面的探討包括句類、句子的語用變化、語境、語用原則與會話含義等幾方面內容。句類是句子的語氣類別,一般分為陳述句、疑問句、感歎句、祈使句四類。句子的語用變化主要包括倒裝和省略兩種情況。語境可分為上下文語境和情景語境兩類,對語用具有一定的制約作用。語用原則主要包括「合作原則」和「禮貌原則」等,違背語用原則可能會導致會話含義的產生。

最後,試以下表來簡略歸納現代漢語語法的基礎知識脈絡:

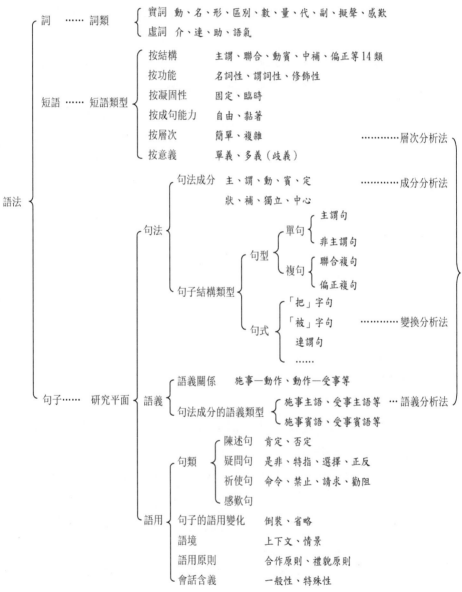

主要參考文獻

《語法講義》，朱德熙著，北京：商務印書館，1982年。

《語法研究入門》，馬慶株編，北京：商務印書館，1999年。

《現代漢語八百詞（增訂本）》，呂叔湘主編，北京：商務印書館，1999年。

《實用現代漢語語法（增訂本）》，劉月華等著，北京：商務印書館，2001年。

《漢語和漢語研究十五講》，陸儉明、沈陽著，北京：北京大學出版社，2004年第二版。

《二十世紀現代漢語語法論文精選》，馬慶株編，北京：商務印書館，2005年。

《現代漢語語法新探》，何永清著，台灣：商務印書館，2005年。

《漢語語法專題研究（增訂本）》，邵敬敏等著，北京：北京大學出版社，2009年。

《新編語用學概論》，何自然、冉永平編著，北京：北京大學出版社，2009年。

《現代漢語（增訂本）》，黃伯榮、廖序東主編，北京：高等教育出版社，2011年第五版。

《現代漢語（重訂本）》，胡裕樹主編，上海：上海教育出版社，2011年。

《現代漢語（增訂本）》，北京大學中文系現代漢語教研室編，北京：商務印書館，2012年。

《現代漢語》，黃伯榮、李煒主編，北京：北京大學出版社，2012年。

《華語句法新論（上）》，張郇慧著，台灣：中正書局，2012年。

《華語句法新論（下）》，鄭縈、曹逢甫著，台灣：中正書局，2012年。

《現代漢語通論精編》，邵敬敏主編，上海：上海教育出版社，2012年6月。

《現代漢語語法研究教程》，陸儉明著，北京：北京大學出版社，2013年第四版。

後記

　　自2007年碩士畢業後在重慶市西南大學任教以來，筆者一直承擔漢語言文學專業本科基礎課程現代漢語的教學工作，同時陸續為本科生開設了認知語言學、應用語言學導論、漢語語法專題等與語法研究相關的選修課程，至今已有將近十年的時間。其間幾次萌生過編寫語法教材的想法，但總因生活瑣事、教學安排、科研工作等因素的影響而無法付諸實踐。

　　今年2月，筆者來到台北市立大學中國語文學系進行為期十個月的訪學。華語文中心主任張淑萍老師曾就語法教學問題與我多次交流意見，她建議我撰寫一部書稿，介紹一下大陸現代漢語課程的教學語法體系。這恰與筆者一直以來的想法不謀而合。剛好在台的教研任務比較輕鬆，時間充裕。於是，筆者很快行動起來，利用學校、網路和附近圖書館提供的資料，參考大陸、台灣諸位語法專家的真知灼見，同時結合自己在教學研究中的粗淺心得，對現代漢語

語法的基礎知識進行了較為系統的梳理總結，最終寫成了這本名為《現代漢語語法述要》的小書。是為寫作緣起。

不論在台灣還是在大陸，多數中語系的學生畢業後都將從事華語教學、國語文教學、文學創作、編輯等工作，很可能會長期跟語言文字打交道，因此讀書期間，培養和具備扎實的現代漢語語法功底極其重要。但目前來看，兩岸高校學子普遍對漢語語法重視不足，知識掌握也不夠牢固。鑒於這種情況，筆者在編纂過程中，堅持以「基礎性、簡明性、系統性」為根本原則，冀為讀者提供一些實用的現代漢語語法入門指導。第一，基礎性。現代漢語語法涉及的基礎概念繁多、概念之間的關係錯綜複雜，給初學者帶來了一定的學習難度。本書注意講解概念和術語，注重辨析概念之間的異同，以便為初學者掃清閱讀障礙。第二，簡明性。注意利用圖表、例句等直觀形式來強化、充實知識的表述；行文盡量簡明扼要、不蔓不枝。第三，系統性。現代漢語語法學是一門理論性較強的學科，內容相對繁雜枯燥。本書注重從學科體系出發，對零散的語法知識進行整合，力求綱舉目張。當然，以上三點只是筆者在撰寫本書過程中所期望達到的目標。囿於學力，書中的錯誤、疏陋之處肯定不少，真誠地希望得到前輩、專家的教導和指正。

關於本書，還有兩點必須要說明：第一，為增強時代感和生動性，本書所引用的不少例句出自近年來的著作、歌詞、名言等，筆者盡量一一標明出處，但難免有所遺漏，失察之處萬望海涵。第二，本書側重語法基礎知識的系統整理和介紹，故在概念、術語的表述上偶參己見，較少發明，大多綜合各家說法，爬羅取捨，擇其精要準確者而從之。現代漢語語法學著作蔚為大觀，本書末尾僅臚列參引之大概，未免掛一漏萬。在此亦對前輩學者表示歉意和感

謝！

　　拙作即將付梓，筆者的訪學生活也行將尾聲，心中充滿了感激和不捨。感謝台北市立大學中語系諸位師友的多方關照。吳肇嘉主任、張淑萍老師、黃怡雅老師、吳嘉明博士、邱文惠博士都在工作和生活中給予筆者諸多幫助。尤其感謝張老師，如果沒有她的建議和鼓勵，這本小書的撰寫大概仍停留在設想階段。書稿粗成，又蒙她親為作序，高情厚誼，銘感五內。感謝我的學生許方，幫我通讀全書，並提出修改意見。感謝內子徐晶晶女士，她在筆者訪學期間，獨力承擔起照顧家庭和女兒的重任，解決了筆者的後顧之憂，使筆者能夠安心工作。最後，感謝蘭台出版社的肯定與支持，使拙作得以順利出版！

　　這本小書，承載了筆者與台灣的一段緣分。若它的出版能為兩岸學子的現代漢語語法學習帶來些許裨益，將是筆者莫大的榮幸！

董憲臣

謹識於台北市立大學勤樸樓華語文中心
2016年10月25日

國家圖書館出版品預行編目資料

現代漢語語法述要/ 董憲臣 編著
--初版-- 臺北市 ：蘭臺出版社 2016.12
面； 公分. --
ISBN 978-986-5633-52-3（平裝）
1.漢語語法

802.63   105023170

小學研究2

現代漢語語法述要

編　　著：董憲臣
美　　編：高雅婷
編　　輯：高雅婷
封面設計：林育雯
出 版 者：蘭臺出版社
發　　行：蘭臺出版社
地　　址：台北市中正區重慶南路1段121號8樓之14
電　　話：(02)2331-1675或(02)2331-1691
傳　　真：(02)2382-6225
E—MAIL：books5w@gmail.com或books5w@yahoo.com.tw
網路書店：http://bookstv.com.tw、http://store.pchome.com.tw/yesbooks/、
　　　　　華文網路書店、三民書局、http://www.5w.com.tw
　　　　　博客來網路書店 http://www.books.com.tw
總 經 銷：成信文化事業股份有限公司
電　　話：02-2219-2080　傳 真：02-2219-2180
劃撥戶名：蘭臺出版社 帳號：18995335
香港代理：香港聯合零售有限公司
地　　址：香港新界大蒲汀麗路36號中華商務印刷大樓
　　　　　C&C Building, 36,Ting, Lai, Road, Tai,Po, New,Territories
電　　話：(852)2150-2100　傳真：(852)2356-0735
總 經 銷：廈門外圖集團有限公司
地　　址：廈門市湖裡區悅華路8號4樓
電　　話：86-592-2230177　傳 真：86-592-5365089
出版日期：2016年12月 初版
定　　價：新臺幣380元整（平裝）
ISBN：978-986-5633-52-3